"He roto con mi sueño, Tú;"

"… y mi Alma está muerta. …"

"Cuando sólo jóvenes podemos entender", querida lectora, querido lector.

N. R. González

Fernando, Hermano.
"No hay más luz en el cielo que amor en la Tierra."

Talín, Emilio, Cristina.
Para ustedes todos mis quereres.

4

A Aurora

PREFACIO

Quisiera decir la verdad, pero no puedo, porque no tengo la verdad. Sin embargo, pensemos que hay alguien, un joven, qué si la tiene y, aún más, desea revelarla. Por otra parte, señalemos, que él en alguna etapa de su vida ve, contempla, conoce, ama, se compromete y disfruta a, y con, una mujer. Ella es, pues, a partir de esos momentos La Verdad. La Verdad para él. Su Verdad.

Pero, también, aceptemos, que este hombre encuentra, ¡oh divina fortuna!, reciprocidad: él para Ella es su Verdad. Si La Verdad es absoluta ¿habría "algo" que pudiera interrumpir una relación "verdadera" de pareja? Emilio no encontró ese "algo" y se aferró a Su Verdad: Karina. *"¡Con toda la fuerza que el Alma me dio!"*, aunque, luego de que Ella rompiera la relación entre ellos él poca Alma tenía, - nomás unos pedacitos desperdigados por ahí -, susurraba. Y aún con el Alma desarmada, luchó contra todo y contra todos, incluso contra Ella, a fin de recuperarla, sin resultado favorable. Mucho tiempo después *"en la soledad de su propia distancia"* y sometido a otras circunstancias, enfrentaría al adversario más difícil e inesperado para poder lograr este objetivo: Emilio.

"Luché por ti,
contra mí,
hasta el final
y vencí."

Este es un relato, en sentimientos, verídico, lo puedo asegurar. Una historia de jóvenes, de amor, de esperanza, de fe en Dios, el Dios olvidado que tomamos de asidero cuando ya no queda de otra, y de amistad. *"La Amistad es más maravillosa que cualquier otra forma de relación",* le escribiría Emilio a Ella alguna vez.

- Las palabras acarician tanto o más que nuestras manos y nuestras bocas -, dice él a Karina en una noche de pasión.

- Pero no más que mi mirada -, contestó su amada. Y tenía razón.

"Mirada de viento de otoño,
que envuelve y arrulla,
abraza y besa,
en un instante."

¿Cuántas veces dijiste en algún momento de tu juventud a esa hermosa mujer, tu novia?: - *te amo, te quiero, te adoro como a nadie en el mundo* - o alguna "palabra bonita" parecida a las que aquí he escrito. Yo no lo hice, o fueron tan pocas y magras las veces que ni me acuerdo y lo he lamentado profundamente día a día. Tampoco la besé y acaricié lo suficiente. ¿Por qué no lo hice si la amaba tanto?, me pregunté años después. Y así nació esta breve narración en su recuerdo, con los versos que escondí por muchos años, en respuesta de lo que no fue y debió ser.

Si algunas parejas jóvenes, luego de leerla logran vencer, aunque sea un poco, ciertos prejuicios y estereotipos superficiales, su timidez, confusiones, temores e inhibiciones, que frecuentemente invaden la mente y controlan la conducta en esa etapa de la vida por rápidos y naturales cambios fisiológicos, y expresarse todas las palabras amorosas que se les ocurran y sientan, sin recato ni pudor alguno, pues nada malo hay en ello y sí mucho de bueno, *"habré recuperado el Alma"*.

Una explosión increíble de sexualidad, erotismo, deporte y camaradería, *"pintado todo de mil colores"* en poesía pueblerina; ¡y en música!, ¡y en baile!, ¡y en canto!, ¡¡y en bironga!! (Cerveza).

Pero, ¿qué pasaría si la historia en esta historia no es verdad?, ¿cambiaría "algo"?

¿Alguna vez rompiste con un sueño? *"He roto con mi sueño, Tú; …" / … Y mi Alma está muerta /...* Palabras alineadas en prosa y en verso, en verso y en prosa, unas tras de otras, que se confunden a veces, pero al final se igualan en su objetivo: amar. Un relato que sólo los jóvenes podemos entender; aun cuando lo seamos solamente de corazón.

¡Intensa!, querida lectora, querido lector.

El Puerto de Morelos, Quintana Roo, México. Febrero de 2019.

N. R. González.

- *"¡Oh, Hermano!,*
me sudan las manos,
late muy fuerte el corazón.
Es Ella.
Sus ojos, sus labios,
su hablar."-

CAPITULO I

"Era una noche clara y fresca cuando Ella fue mía y yo de Ella, bajo una luna grande y blanca de octubre viéndonos desde lo alto en el cielo. Detuve el auto en un paraje; bajé y busqué un altillo limpio cercano a la orilla del río. Vi uno y hacia allí me dirigí quitándome la chaqueta emblemática del equipo de futbol de la Preparatoria, la cual coloqué extendida en el suelo; fui al carro nuevamente y tomé unos cojines que también acomodé cuidadosamente cubriéndolos con lienzos y colchas, llevados por mí para tal propósito. Luego regresé por Karina, abrí la puerta de su lado, me miraba con ojos traviesos un poco temerosos y esbozaba una sonrisa; sin decirle algo pasé por debajo de Ella mis brazos y la levanté, besándola en los labios suavemente y a intervalos mientras caminaba, la enderecé un poco sentándola en el aire y le pedí me desabotonara la camisa, lo que hizo, la arrullé de nuevo y fuimos hasta el sitio elegido. La recosté delicadamente sobre nuestro improvisado lecho; no podía contener en mi mente lo que veía: Ella bellísima bajo el manto de la penumbra, conmigo, ahí, juntita y dispuesta a todo. Acabé de quitarme la camisa quedando desnudo del torso y volví a besarla en la boca, ahora más fuerte y prolongado, la miré y me sonrió ampliamente. Iría quitando cada una de las ropas conforme lo fuéramos necesitando. …"

"Corre cuanto quieras, no podrás escapar de ti."

Al medio de esa mañana, corriendo a grandes zancadas Emilio llegó rápidamente hasta el cuarto de triques que estaba en el traspatio de su casa; sin detenerse cargó contra la puerta y la derrumbó de un empellón, entrando desaforado. A punto de caer detuvo el impulso al chocar contra el viejo baúl, asentado en el centro de la habitación, levantó de un tirón la tapa y arañando sus paredes buscó temblorosamente en el fondo hasta encontrar un legajo arrugado y amarillento de hojas lazadas entre sí; lo sacó y, ansiosamente, jadeante por la impaciencia, fue hasta la última hoja y leyó en voz alta el encabezado:

- "He roto con mi sueño, Tú; …"-

Miró al techo suspirando profundamente, sintiéndose, de pronto, aliviado.

Creyó que al ir allí y leer aquellas líneas revocaría la opresión que sorpresivamente le tomó por el cuello esa mañana y lo martirizaba hasta el delirio. Aparentemente, por suerte, había sido suficiente para hacerlo sentir mejor.

Esa frase es el título del último poema que escribió hace casi veinte años después de terminar, bajo un sentimiento de profundo despecho y sufrimiento, su noviazgo con una chica llamada Karina, a la que creía, hasta ese día, totalmente olvidada.

Sin dar tiempo a reponerse por completo, fue inmediatamente agobiado por un intenso dolor que atenazó la parte baja de su pecho y no lo dejaba respirar, igual a como le ocurrió en aquellos lejanos y terribles días, aciagos y tristes, después del rompimiento. Aunque trató de varias formas contener esa punzada quemante, ocupando su mente con pensamientos frívolos o rutinarios y caminando de un lado al otro del cuarto, sin dejar de frotarse el pecho con la palma de la mano, no pudo. Regresó a él la inquietud extrema de horas antes, empujándolo de nuevo a la orilla de algo parecido a un despeñadero demencial: - lo que vi no es verdad, no es real - decía, confundido, sin control de sí mismo, repitiéndolo mientras avanzaba desesperado bordeando los mal acomodados y polvorientos muebles.

Repentinamente, detuvo el paso frente a la ventana viendo hacia el enorme y hermoso jardín de su mansión y continuó hablando solo, resonando muy fuerte la voz: - ¡no me daña!, ¡acabé con eso!, … aquí, ¡aquí está escrito!, ¡¡aquí está escrito!! -, aleteando firmemente con movimientos de la mano las hojas por lo alto, en un ademán triunfante, cual si al mostrarlas de esta forma a alguien inexistente afuera fuesen prueba fehaciente de tener superado ese reto en su vida. De haber estado alguien en el patio, a todo correr hubiera desaparecido al verlo así, ¡loco de remate tras el ventanal!

"Tan iluso fue hacerlo cómo en aquel entonces cuando joven lo escribí esperando, infantilmente, pudiera superar alguna angustia futura", pensó, decepcionado y con los brazos caídos a lo largo de su cuerpo. Se había transformado, en pocas horas, de un hombre con una entereza inigualable en un niño temeroso, abandonado; perdido de la razón y de la cordura volteaba hacia los lados buscando protección, a cualquier rincón que pareciera ofrecerle seguridad, sin encontrarla.

Volvió a leer, ahora lentamente, intentando disipar otra vez ese invasivo miedo y convencerse que ¡nada pasaba! Pero, semejante a un eco interminable, acabó diciendo: - aquello está muerto, está muerto, está muerto. ¡Está muerto! ¡¡Está muerto!! -, arrastrando estas palabras que parecían enganchadas a su aliento, negándose a dejarlo mientras respirara. Hizo una pausa y, por primera vez en su vida, con inmensa intensidad resplandeció dentro de él su realidad tal como era e, inevitablemente, cayó al suelo de rodillas sin dejar de ver con ojos de espanto los papeles arrugados en su mano, susurrando con voz temblorosa: - está muerto, como mi Alma - y lanzó un grito tan aterrador que desgarró hasta los cimientos el aquietado aire del lugar, - ¡¡a-a-a-ah!!, ¡¡ha muerto!!, ¡¡cómo mi Alma!! Mi Alma está ¡¡muerta!! …, ¿dónde está?, ¿dónde está mi Alma? - preguntó, acabando suave y suplicante al cielo, mirando hacia arriba.

Apretándolos con las dos manos golpeaba violenta y espasmódicamente los poemas contra su frente, queriendo así matarse o despertar de esa especie de horrible pesadilla que le ahogaba, mientras sollozaba sin cesar con la mirada perdida, musitando entre dientes: - He roto con mi sueño, Tú. He roto con mi sueño, Tú. He roto con mi sueño, Tú -, agazapado y sudoroso, balanceándose de adelante a atrás igual a si rezara. - He roto con mi sueño, Tú. He roto con mi sueño, …-.

Tiritando se detuvo y miró fijamente al piso, al punto donde caían gotas revueltas de sudor y de lágrimas. Después de un prolongado rato, sin por ello estar menos perturbado, cerró el baúl, se levantó y tomó asiento sobre el mismo; moqueaba, intentando respirar hondo hipaba, impresionado y sin poder creer su frenética y descabellada reacción desde por la mañana. Esa parte del pasado que, según él, estaba inerte y oculta en el fondo de aquel baúl, renació cual cataclismo y en ese momento, encerrado en el cuarto, lo supo: había sido determinante en todo lo que le había sucedido después.

Impulsado por el afán de volver a la realidad palpaba su rostro, pero encontró un amasijo de entumecimiento y humedad, le daba la impresión que era el rostro de otra persona.

Luego sintió súbitamente, figurándola al mirar su pecho, una gran herida abierta, sangrante y dolorosa, de la cual nunca se había percatado. Cerrando los ojos dijo: - ¿qué es esto?, ¡no es cierto, estoy soñando, estoy soñando! -, levantó su cabeza hacia el techo y los abrió, despacio volvió la vista hacia abajo con la esperanza de dar tiempo a que eso desapareciera y comprobar que era una alucinación producto de su percepción trastornada; - ¡no-o-o! ¡No puede ser!, ¡sigue ahí!, ¡¡sigue ahí!! -, gritó al verla de nuevo. Rápidamente la cubrió con sus manos, pero imparables riadas de sangre salían por entre sus dedos y el manojo de poemas que mantenía aprisionados.

Y, para su mala fortuna, estaba despierto.
Sin poderlos detener, una tempestad de recuerdos, alegres, felices, amargos, mezclados vinieron trepidando justo entre sus sienes.

Rogaba, – Dios, lo que quieras haré, lo que quieras haré, ¿pero por qué ahora cuando van tan bien las cosas? -; "¿van tan bien las cosas?", reflexionó.

Entendió entonces qué en su Ser interior, por mucho tiempo, no había sido así: tenía el Alma muerta y enterrada, que es peor a estarlo físicamente; y nadie podía cambiar esto. Él había vivido en la triste soledad de su propia distancia.

"¡Oh, Karina, Karina, porqué viniste!", abrumado como nunca antes, pensó.

Emilio cargaba una cara de miedo, de perplejidad, desde la misma mañana. ¿Qué pasó?, ¿qué había causado ese comportamiento errático, inmaduro, espeluznante, en él? "¿Es el destino o alguien quiere hacerme una mala jugada?", se preguntó.

No pudo resistir ya, las emociones le cayeron cual cascadas imponentes al interior de su cabeza.

CAPITULO II

"… Las estrellas en el infinito cambiaron hasta hacerse muy brillantes e intensas, alternadas titilaban excitadas cual si aullaran de placer previendo lo que acontecería. Descarnados los sentimientos, desnudos, todo aparecía distinto: el rostro de Karina perfilado por la luz de la luna, la falda caía y la entallaba contorneando los valles, hondonadas y serranías de sus divinas formas; bajé, quité sus zapatos guindas que coloqué al lado besando sus piernas, primero a una y luego a la otra y simultáneamente por la parte de adentro, a la vez acariciándolas por atrás y los lados con mis forjadas manos, reblandecidas ya con el calor de su cuerpo y fundidas en Ella; quedé extasiado por unos minutos en estas exquisitas carnes. Sin despegarme navegué con mis labios sobre sus rodillas vadeando los huesitos y, subiéndole la falda, apreté suavemente entre mis dientes, cual si ávidamente quisiera comer, sus blandos y carnosos muslos, empujándolos con brazos y manos para embocármelos al mismo tiempo que los masajeaba, los que Ella, estimulada y atenta a mis deseos, separaba un tantito para disponerlos y dejarme llegar a las partes más escondidas; hundida mi cabeza ahí, quité su falda y ropa interior sin permitirle levantarse, yendo a los pliegues en las ingles que paladeé siguiendo sus hendiduras. Despacio, mientras esto hacía, palpé con mis dedos y abrí los labios de su bajo centro dejándolo al descubierto, fui y acaricie con los míos y con la punta de la lengua su monte, atrapando dentro de mí boca su pequeño fruto ya liberado de su encierro, enjugándolo con frenesí y ternura un buen rato, bajé e hice lo mismo en su entrada, que Ella levantaba un poco haciendo alados sus muslos, facilitándola al apremio de mí lengua, la que giraba rápido y gentilmente frotando por dentro sus bordes cálidos y húmedos, como un pájaro revoloteando al acercarse al hueco de su nido buscando en el fondo un lugar para acurrucarse; …".

"Claridad de una mañana brillosa y el sol resplandece en la blanca pared."

El día, temprano, aparecía más fulgurante y colorido. Emilio no había visto ninguno así en muchos años. A la vez, y sin tampoco recordar desde hace cuánto tiempo le había sucedido, tuvo al levantarse una inmensa sensación de plenitud y bienestar dentro del pecho, haciéndole suspirar frecuentemente.

Vistió como siempre, pulcro, limpio, su traje jaspeado de oscuros en un fondo gris claro, hecho especialmente por una renombrada casa de diseño a donde se los encargaban; la corbata negra estampada con figuras geométricas de color marrón, pantalón negro y botas vaqueras del mismo color; quizá recreaba en la ropa, inconscientemente, los tonos ocre y terroso de algún ambiente pueblerino y polvoriento de su niñez, pues le eran cotidianos; - tristones - le dijo una vez Mamá Aurora a los modos de su vestimenta. Roció en la barbilla un poco del agua de colonia que invariablemente usaba, "Aram".

Salió de la casa cruzando a paso rápido el tramo del camino empedrado que hay entre el pórtico y la cochera; Fernando, su chofer, estaba en la puerta del auto ya preparado para partir. Iba a visitar una de las Factorías más queridas pues allí había iniciado el rápido ascenso al éxito ensamblando computadoras caseras. Cien mil millones era el monto de la fortuna que había acumulado; y aumentaba a diario.

Además de un pequeño ejército de ayudantes y auxiliares en sus mansiones, disponía de dos helicópteros, dos aviones para uso personal, coches y motocicletas; muchos, de diversas marcas y capacidades, deportivos y clásicos, que en realidad poco usaba pues su rutina general era sencilla, aunque no se privaba de frecuentes y divertidas fiestas acompañado de hermosas mujeres y amigos.

Por costumbre, hacía recorridos periódicos en las varias Unidades que poseía. Contactaba a los empleados y recibía de primera mano sus inquietudes y reclamos, qué si bien a veces no solucionaba de fondo los problemas, al menos les motivaba al escucharlos. Y, por otro lado, conllevaba un claro mensaje a sus jefes: mejoren y conservarán los empleos.

Al norte de la ciudad estaba la que visitaría aquel día, llegaron a las nueve de la mañana, apenas antes de la hora de almorzar. Sin prisa entró acompañado por la Gerente de Planta, Julia.

A ella la había contratado en una etapa muy difícil de la empresa por lo que compartían gran confianza y amistad, de 35 años, piel perlada, radiante, fabulosa, sonreía como si supiera que algo que ocultaba a Emilio iba pronto a acontecer.

Tenía él, normalmente, un comportamiento muy fresco y animador hacia todas las personas; "manipulador" dirían de Emilio algunos adversarios y otros, quizá rencorosos porque por alguna circunstancia no obtuvieron las ventajas esperadas al negociar con él, "un verdadero hijo de la chingada". A pesar de lo que ellos pensaran esto no era cierto, esa forma de ser le granjeaba aprecio, le abría puertas, posibilidades y los acuerdos logrados gracias a tal habilidad redituaban increíbles ganancias a sus empresas. Sus socios y colegas le correspondían con sentimientos sinceros, tal como eran los suyos, sobre todo tratándose de mujeres, pues ellas veían en él un carácter reservado, serio en afectos y tratos y siempre directo; un apretón de manos era, después de algún asunto, un compromiso inquebrantable para él. Una estrategia aprendida a fuerza de practicarla durante su largo tiempo de negociador y la había perfeccionado.

En el Auditorio les habló del tema que mejor dominaba: "Sentirse bien en el trabajo". Y en ello no había secretos para él, pues lo vislumbró desde sus comienzos, - que gustes de lo que haces; la contribución de un empresario es crear condiciones óptimas, estables, para que lo mantengan; y una buena paga claro -, afirmaba Emilio.

Después de finalizar, junto con la comitiva de gerentes y supervisores, acercándose a los colaboradores les saludó de mano, entablando conversaciones al azar con algunos de ellos.

- Hola, ¿cuánto tiempo tienes con nosotros, … Martha? -, preguntó a una joven de unos 25 años, morena de rostro afilado, mientras la movía un poco jalándola desde su mano para, discretamente, lograr ver de frente su nombre bordado sobre el bolsillo de la blusa.

- Dos días, señor - contesta ella, sonriendo igual que una niña.

Transcurría así la jornada, casi las mismas palabras y casi las mismas personas de ocasiones anteriores cuándo, de improviso, adelante, a cierta distancia, vio a alguien que le dejó petrificado, perdió el habla, la compostura y la sonrisa que traía. En ese preciso instante su mente regresó a cuando era estudiante de Preparatoria y vivía en "Río Escondido", un pequeño pueblo minero de quince mil habitantes a lo mucho, situado en medio del semi desierto, lugar donde había nacido y crecido.

Sin poder creer lo que ante él tenía retomó el avance, a paso lento y sin pausa llegó frente a una hermosa y sonriente joven de unos 19 años, quien portaba limpísimo uniforme blanco del Departamento de Electrónica. Se plantó acercando su rostro al de Ella, casi al punto de tocarla, sin dejar de verla a los ojos; la revisó sin disimular nada, descaradamente: cabello castaño recogido, ojos tímidos algo temerosos, ¿luminosos?; la sorpresa que recibió provocó tanta alteración en sus sentidos que incluso esperaba que ¡Ella le reconociera!, pero, ¿por qué iba a hacerlo?; él hasta recuperó una media sonrisa cándida, adoptando absurdamente cierta actitud confianzuda. En lugar de eso observó extrañeza en el semblante de la chica, quien por momentos dudaba si debía seguir sonriendo, seguramente a consecuencia del anormal comportamiento que, delante de todos, su jefe exhibía; para nadie de los presentes había razón aparente a lo que pasaba.

Emilio miró a su comitiva, la cual se había apartado, y después a un lado y al otro del recinto, tratando de encontrar una explicación a tan desconcertante e inesperada visión o al porqué de la confusión que en su interior había ocasionado; volvió a fijar los ojos en Ella manteniendo la cortísima distancia que había entre ambos, pensando "no es cierto, no es cierto".

Sin embargo, sí era cierto. Ella, ahí estaba.

Detuvo por dentro los irreprimibles deseos de acercamiento y dio un paso atrás bruscamente. Desviando la vista hacia el piso extendió el brazo y apenas tocó la mano de la joven con los dedos, a modo de despedida, cuando ya se iba retirando. Impresionado, dio por terminada la reunión lo mejor que pudo.

Abandonó el Auditorio de inmediato y cuando lo hacía levantó los brazos saludando a diestra y siniestra, pareciendo emular a un actor de opereta desplegando el final al salir del escenario; dirigiéndose a la concurrencia gritó: - ¡gracias, muchas gracias, ha sido un placer estar aquí, reanima mi vida y espero la de ustedes también! ¡Gracias! -. Los asistentes aplaudieron ruidosamente.

Impactado, caminó, casi corría, por el andén central hacia la salida del edificio, alisándose a cada rato el cabello con la mano, buscando aclarar desde afuera las turbias conjeturas flotando en su cabeza, apresado por una gran agitación que ni se molestó en disimular. Julia, sin acertar que decir o hacer le perseguía al trote: - ¡hasta luego Emilio, un gusto verte, gracias por venir! - deteniéndose acertó a decir, ya ambos afuera de la puerta principal, pues Emilio se alejaba como loco. Al oírla y dándose cuenta de donde estaba, él se volvió y abrazó a su amiga, estrechándola inusualmente fuerte al acercarla de nuevo a su pecho en un segundo impulso, cuando ella empezaba a separarse, cual si aprovechara la ocasión para sentirse sostenido por más tiempo y así atenuar la terrible pesadumbre que cargaba. - Discúlpame Julia, discúlpame - le dijo, apartándola un poco y viéndola a la cara, aun sujetándola de los hombros con firmeza, como temiendo que si al soltarla y luego quedar solo en la explanada él dejaría de existir. Logró entrever en el mirar de Julia un dejo de interrogación, de escrutinio, podría ser.

Emilio se fue al auto sin disfrutar del siempre riquísimo almuerzo que preparaban, programado en el gran comedor. Él entró al coche azorado, dejándose caer en el asiento; Fernando pensó que su patrón había sufrido una agresión por lo visiblemente pálido y desencajado, luego arrancó, aceleró y se fueron.

"¿Es esto lo qué intuí al salir hoy de casa?", pensativo se preguntaba Emilio, mientras veía, pegado a la ventanilla, a la gente en la calle, prestando mucha atención a los detalles de cada uno de ellos, percatándose que en todos esos años era la primera vez los observaba; buscaba reconocer a alguien entre la multitud, no sabía a quién, esperaba, sin siquiera saber por qué, así tranquilizarse. Pero desvariaba pues vio a Elías caminando con dificultad apoyándose en un bordón; al Gorila sentado en la banqueta pidiendo limosna; a Iris, re flaquita, en una esquina vestida con minifalda roja y mallas negras ofreciéndose a los paseantes; a Emanuel quien tocaba el violín con expresión triste acompañado en los tamboriles por Sim, mientras Jorge "El Manotas" pedía dinero entre los mirones sujetando su ajado sombrero en la mano para colectarlo; a Queta, su querida Queta, empujando una carriola con un niño andrajoso llorando dentro; todos ellos amigas y amigos del pueblo donde vivió. Sacudiendo la cabeza él cerró los ojos, pero no desaparecían al abrirlos; incluso, al adelantarlos y volver la vista atrás, lo seguían con miradas acusadoras. "¿Y Ella?, ¿Ella dónde está?", caviló angustiado dentro de su momentánea locura.

Ordenó a Fernando – ¡métele la pata! - y se fueron a toda velocidad hacia su hogar, la Mansión en donde vivía con Mamá Aurora. Papá Isaac, desgastado por el mucho tiempo que trabajó de minero, había fallecido meses antes. Los abuelos, Rebeca materna y Juan Jacobo paterno, muy ancianos, también se mantenían con él. Emilio permanecía soltero y sin compromiso.

Y ahí estaba ahora, sudando a mares en medio de esas cuatro paredes, teniendo nítida conciencia de quién fue y quién era ahora y, más aún, porqué.

- No puede ser -, decía Emilio sentado sobre el baúl mientras presionaba una y otra vez en su sien el mazo de poemas, - ¡no puede ser!, esa chica es, ¡idéntica a Ella! -, recordando a la joven de la Factoría.

Estuvo ahí largas horas, inmóvil.

Se miró a sí mismo de 17 años, lleno de ilusiones, desbordante de entusiasmo. Conoció a Karina una mañana de febrero, *"fría; y cálida al verte"* le escribiría ya después de novios.

Era día 11, Emilio cumplía los 17 años exactos. Recorriendo el trayecto a la escuela se encontraron y la imagen de Karina quedó grabada en él igual a cuando se ve un rayo caer alguna negra noche en el desierto: para siempre. A partir de entonces, en su mente Ella se le atravesaba en el plato de comida, en el horizonte, en los cuadernos, al mirar al cielo.

Evidentemente fue la primera vez. Muy probablemente era recién llegada al pueblo, pues La Compañía Minera ocasionalmente transfería de otras regiones a trabajadores y sus familias a Río Escondido.

Era hermosa, de una hermosura atrapante y sutil, una que Emilio nunca había visto, imaginado o siquiera soñado: tez clara, ojos medianos y luminosos, labios delgados un poco carnosos rosados y sensuales, su rostro ovalado, perfecto, pechos redondos erguidos y firmes, caderas prominentes, aunque estrechas, que contoneaba al caminar como solo pocas mujeres saben hacer de forma natural, acompañándose con todo el cuerpo al moverse; vestía falda corta de tablones color celeste estampada de pequeños cuadros rosas, blusa blanca con grandes figuras de girasoles que se veían por entre la abertura de su chamarra celeste, zapatos rosas de tiras entretejidas y calcetas blancas que le llegaban casi a las rodillas. Ella cruzó delante de él sin ponerle atención desplazándose rápidamente. Emilio siempre fue algo tímido al tratar inicialmente a una chica, pero sin saber por qué esa vez le salieron fácilmente las palabras, con voz fuerte dijo:

- ¡Espera, te acompaño! -. Ella, al oírlo, giró sobre sí misma sorprendida y él corrió a darle alcance. – ¿Qué tal?, vamos al mismo lugar -, asumiendo que los libros lo identificaban, - ¿cuál es tu nombre? - enseguida le preguntó, saludándola de mano y reteniéndola entre la suya unos segundos, retomando ambos el recorrido. – Karina -, contestó Ella con voz amable y suave en tanto caminaba con la vista baja, pero disimuladamente ladeaba el rostro para enviar una que otra mirada a su joven y, a su ver, bien parecido compañero. Aflojaron el paso pues él, mostrándole el antebrazo, le hizo una seña para que observara su reloj de pulso, tenían tiempo de sobra. Emilio notó en Ella cierto interés en el intercambio, tal vez era curiosidad.

Cursaba el primer grado de Preparatoria, él el segundo, iniciaba el ciclo semestral. Cuando llegaron a la escuela Ella se alejó sin despedirse, subiendo la escalinata con rumbo a su salón de clases y él le habló desde el nivel del piso, poniéndose serio y adoptando un aire de falsa pedantería: - ¡te veo a la salida Karina! -, extendiendo hacia Ella la mano entreabierta y la punta del dedo índice desde la distancia, en un gesto de querer tocarla; Karina le regresó una mirada de extrañeza y frunció el ceño.

Emilio jugaba desde los 12 años en el equipo de basquetbol y futbol americano de la escuela; gracias a esto había adquirido buen físico, alto como Mamá Aurora, moreno claro, nariz larga recta, cejas un poco juntas y gruesas, labios medianos, ojos algo rasgados, miembros nervudos; de mirada penetrante y, a veces, un tanto irreverente, soñador ni se diga; cabello oscuro algo quebrado y del largo acostumbrado en los jóvenes de ese entonces, a los hombros, influidos sin duda por los grupos de rock de la época. - Tienes pelos de sol revueltos por la arena, igual a los de tu tío Tristán -, exageraba el abuelo Juan Jacobo al referirse a su cabello, pues el tío lo tenía rebelde, - porque pocas veces se bañaba - intervenía Mamá Aurora; aunque éste no era su caso, de niño de vez en cuando ella se lo señalaba, en una forma de reprenderle cuando veía quedaba no muy limpio su cabello después del baño.

Cierto es que mucho en él había cambiado en los últimos años, su voz aguda se convirtió en profunda y grave, - roncosa - asentaba la Abuela Rebeca.

Vivieron siempre en Río Escondido. Desde joven Papá Isaac trabajó en la mina, donde extraían oro y otros minerales. Eran labores duras, pero el salario que recibía le bastaba para mantenerlos cómodamente.

Mamá Aurora dedicada a ellos, Emilio hijo único. Nunca supo la causa, pero fue solamente él, feliz y creciendo.

En la escuela convivían unos 800 estudiantes, de la Secundaria y la Preparatoria. Un alumno nuevo causaba cierta excitación y movimiento en la comunidad escolar pues raramente sucedía. Y Karina, con su belleza, provocaba aún más revuelo.

La gente era amable, en general, pero no eran ajenos a envidias, ambiciones, mezquindades, celos y conflictos propios de los seres humanos, en los estudiantes y en los lugareños. – Caminando, hasta en lo plano se encuentran escollos -, afirmaba Don Camilo, un buen Viejón del pueblo.

Emilio con su poesía y su carácter conciliador se sentía inmune a cualquier insidia, estaba equivocado. Totalmente equivocado.

CAPITULO III

"… volví a su fruto de nuevo, regresando otra vez y muchas a su entrada, sin apartar ni por asomo mi lengua ni dejar de mover ansiosamente la punta, intentando horadar sus partes cuando la deslizaba por sobre sus ardientes veredas; Ella agitaba y tensaba su cuerpo sin parar, en convulsas respuestas a cada uno de los deleites que le prodigaba. Llevé enseguida mis labios al vientre, besando y saboreando su piel igual que en su entrada; me enderecé y le desabotoné la blusa abriéndola junto con su sostén, luego retirándolos con un poco de su ayuda quedando, así, expuesta a mí hasta el cuello, resplandeciendo los ondeantes pechos con la tenue luz del crepúsculo. A sus fresas erectas, henchidas de placer al presentir lo que les haría, las besé una a una acariciando sus salientes y surcos sin darles tregua con la lengua que, ya para entonces, enardecía por el fragor de la jornada. Subí y escondí mi rostro en su cuello por un rato, igual a cuando un alpinista guarda corto reposo antes de escalar el último y más importante tramo de la montaña: la cima. En el transcurso de todo el recorrido no dejaba de decirle, entre beso y beso, -¡Karina!, ¡te amo!, ¡te amo!, ¡te quiero!, ¡te adoro!, ¡te amo cómo a nadie más en el mundo! - y le pedí también me gritara quedito su sentir y Ella lo hizo; elevé el torso y la miré, tenía ese embeleso tan suyo en los ojos brillando y nos besamos sin cesar, colmándonos con las mieles que entre mejillas y bocas lamiamos sin parar y bebíamos, armonizados y sin hacer chasquidos, cual si temiéramos que de otra forma alguien nos descubriría y acabara el encanto; encajadas las bocas una en la otra, le soplaba aire hasta inflarla robándoselo después, intercambiándolo al resistírseme. Me quité los pantalones y el resto de la ropa como pude sin dejar de estar encima de Ella, quedándome en botas; mi extremo era, a ese momento, un resorte de acero irregularmente cubierto de fina seda. Desde arriba, frente a Ella, la abracé de la cintura con ambas manos desplazándola hasta centrármela. Hubo en su entrada leve resistencia, pero finalmente se rindió al impaciente empuje de mi engruesada punta, que denodadamente buscaba, sorteando obstáculos, penetrar su natural camino y, remolineando lento, con la ayuda de su palpitante tremor, me interné lentamente por el estrecho del virginal sendero que a mí ofrendaba; sentí, al ir en su profundidad entrando, alrededor de mi asta caliente y endurecida, cuánto la abrazaba con la juvenil firmeza de sus paredes, ahora obligadas a abrirse al máximo, a veces intensamente a veces de poco a poco por todo su largo y ancho. La intermitente pero insaciable succión producida por su ceñido me llevo a alcanzar hasta lo más recóndito de su acariciante y dulce fondo; Ella se estremecía mirándome a los ojos con la boca entreabierta pareciendo querer hablarme o suplicar por algo y una delgada humedad se esparcía en los suyos; …".

"Te quiero, es todo lo que tengo que agregar."

Emilio, por alguna razón que desconocía, desde corta edad sintió inclinación por las artes. Le gustaba la música y la pintura, pero era la poesía la que colmaba sus inquietudes y anhelos, completaba y le sobraba. Con un simple trozo de lápiz y un cuaderno "Polito" sin raya, - porque para las matemáticas y para la poesía la raya distrae - decía el profesor Chuy de Primaria, Emilio no tenía límites, hacía con palabras pintura, música y, esencialmente, trazaba sus sueños. Tiempo después escribía versos sencillos, a veces cantos, a veces pensamientos hilvanados que, plasmados, lograban dar un sentido atrayente.

El panorama de la vida se abría ante sus ojos al escribir, iluminándolo, algo parecido a estar muy bien sin saber él con certeza definirlo, pero sin duda eran los sentimientos y emociones generados al hacerlo; recorría el lápiz sobre una hoja terminando la línea a la mitad e iniciaba otra, temiendo que si al acercarse al borde se apagara lo que veía su imaginación y no pudiera transformarlo en rizos de letras. Los cuadernos se los acababa rápido y su madre se enojaba, pues decía los desperdiciaba dejándolos incompletos. Tendría unos ocho años cuando la abuela Rebeca, abrazándolo, señaló: - Aurora, Mijo, ta´ lleno de palabras bonitas -, dirigiéndose a Mamá Aurora y refiriéndose a él, sin embargo, Emilio no lo comprendió hasta mucho después.

La luz, los perros, el viento, la comida, los tacos de la fonda, el cielo, el desierto, todo lo motivaba. El blanco cabello de Doña Nicanora era su gran inspiración, una amable anciana dueña de hermosos ojos azules y unos 80 años de edad, quien tenía una pequeña tienda; y hasta los dificultosos movimientos de su esposo, Don Camilo, más viejo aún que ella.

Ya Emilio siendo adolescente, a Enriqueta, una linda muchacha de pronunciadas curvas y algo gordita, un año mayor que él, quien hacía sabrosos tacos de tortilla de maíz dorados en aceite y rellenos de abundante carne de res finamente picada, verduras y salsa, en un puestito del centro del pueblo, la alegraba, cantándole:

> - "Te quiero, te adoro, te amo tanto,
> como el aire al ave,
> … el Sol al amanecer,
> … la noche a la amante,
> … la vida a la esperanza,
> ¡Cómo los t-a-a-acos, a t-í-í-í …!"-.

Actuándole hincado en medio de su local, melodramático, exagerado igual a un payaso, pero ante ella no le importaba. Aludía a su juventud y supuesta poca experiencia en el arte culinario (en el fondo Emilio le quería hacer ver que la poesía podía elevarla a emociones y sensaciones nuevas y maravillosas, ni necesitaba aclarárselo, la verdad, a Queta le gustaban mucho; y esos momentos de dispersión, que a ambos les sacudían hasta el fondo del Alma en ese apacible, somnoliento y, frecuentemente, aburrido pueblo, le encantaban).

Aun así, le explicó: - los tacos que preparas te aman ¡tanto!, ¡a tal grado!, que se esfuerzan por sí mismos en complacer a tu clientela y así hacerte ver ¡aún más preciosa! -. –¿¡Crees qué no sé cocinar!? -, exclamaba ella, fingiéndose molesta, poniendo los brazos en asas sobre su cintura. Una vez a manera de broma él le dijo: - ¡estos tacos no te querían! -, después de comerlos todos y eructar ruidosamente al final; Queta respondió: - ¿y por qué no los dejaste desde el primero Emilio mugroso? -, tiraron entonces de carcajadas, divertidos, haciendo aspavientos chocaron las manos arriba varias veces, acercándose entre sí para frotar levemente sus narices, ladeando sus rostros en un "no" continuo y gozar hasta llenar hacerlo. Queta era hija de Don Ataulfo, el albañil.

- ¡Cuánto más hambre, más Tú! -, abiertamente le gritaba Emilio a Queta desde lo lejos sea cual fuere el lugar donde la viera; enseguida, afrontándola, entrelazaba las manos en lo alto sobre su cabeza simulando un corazón y ella le replicaba igual. Pero cuando estaba cerca él la sorprendía desde atrás abrazándola, susurrándole estas palabras al oído, - ¡cuánto más hambre, más Tú!, ¡cuánto más hambre, más Tu-u-ú, Queta! -, sin dar tiempo a que ella voltease a verlo. Lo tomaban como un pequeño juego o escarceo juvenil. Queta se acostumbró y sabía quién estaba detrás de ella: - suéltame, ¡Emilio!, ¡su-e-e-é-l-t-a-a-me! -, decía, apagando la voz para evitar llamar la atención, aunque nadie hubiera alrededor, - ¡nos van a v-e-e-r! -. En el forcejeo ella trepaba inevitable y ostensiblemente su cuerpo sobre el de Emilio, forzando a que su trasero se pegara, desatando en él una erección siempre, que sin duda ella notaba.

Él más fuerte la sujetaba y repetía lento en su oído: – cuanto-más-hambre-más-Tú, cuanto-mas-hambre-mas-Tú, Queta -. Ella reaccionaba mostrándose apenada arrugando el cuello en sus hombros al sentir que él casi le tocaba la piel con sus labios; doblándose, apoyada sobre las puntas de los pies, trataba de apartarse revolviéndose entre los brazos de Emilio, sin poder hacerlo, pues él seguía apretándola; con tantos movimientos ella untaba involuntariamente su cuerpo friccionando los bajos de él al impulsarse adelante una y otra vez, acrecentando, casi al extremo de la humedad, la excitación de su atrevido amigo. Después de unos segundos Emilio la soltaba y ella se retiraba dando pasos cortos sin darle la espalda, agachándose a intervalos riendo nerviosa, viéndolo pícaramente, posiblemente temiendo que él la alcanzara y reiniciara el juego; luego le reprochaba: - ¡qué desfachatez la tuya, Emilio!, ¡nada te avergüenza!, ¡no lo vuelvas a hacer! -.

Enriqueta era muy seria, él muy provocativo con ella, sin comprender exactamente el porqué. Era un poco ingenua y le atraía mucho y pensaba que él también le agradaba, aunque sin duda no por esos encuentros. – ¡Por los poemas!, ¡sí!, ¡son los poemas! -, se dijo una vez Emilio, intentando de esta forma atenuar cualquier sentimiento de culpa, - pudiera ser, ¡además no la manoseo! - acababa suponiendo, cual si arrimarse a ella de aquella forma no fuese suficiente causal de pesadumbre. No tenían clara conciencia de ello, por lo que de vez en cuando seguían haciéndolo. Sin ellos acordarlo era una especie de íntima aceptación.

Ni Papá Isaac ni la minería se salvaban de su incontenible verseo:

> - "Hurgando en las piedras,
> plantas,
> las semillas, que florecen;
> y al tiempo cosechas,
> lento,
> entre oscuridades y polvo,
> el pan,
> que es mejor al oro"-.

- No siembro trigo, hijo -, aclaró el Padre después de que se lo leyó.

- Si lo piensas, aunque no lo creas, lo haces Pa'; pero óyelo al revés y te verás descubriendo oro en el corazón de la gente -, respondió Emilio; y agregó:

> - "El oro mejor que el pan,

polvo entre oscuridades,
lento cosechas al tiempo,
pues florecen las semillas,
que plantas en las piedras hurgando."-

Buen temple tenía su "Viejón", cómo para él así le decía, "Mí Viejón", pues Papá Isaac era un excelente conversador y permitía acercarse a todos; tenía esa virtud, a veces escasa en los hombres, de caer bien a la mayoría de la gente, que en él era normal, esculcaba a través de la dureza de sus corazas, en sus interiores, buscando la parte amable de las personas, trocando malos en buenos los "sentires y decires" de quienes por ocasión él juzgaba lo ameritaban. - Tiene corazón de oro -, decía Mamá Aurora, - y molido para más repartir -, finalizaba.

- *"Las palabras son como el fuego que lentamente quema la grasa y suaviza la carne"-*, Papá Isaac, en una analogía con asar carne a las brasas, costumbre centenaria en el pueblo, cuando la parte dañina, la grasa, se quema por el calor y en la gente por la forma del lenguaje se reblandecen los sentimientos apartando los recelos. - Hijo, cada uno tiene una parte sensible en su interior, corazón, estómago, mente, ingenio, vanidad, solo hay que encontrarla, abrirla con la llave que uno guarda para esa puerta oculta y la persona totalmente se compartirá -.

- ¿Y si la puerta está muy mohosa apá? -, reviraba Emilio riendo.

Lo llamaban Papá Isaac, ya que éste último era su nombre. Emilio debía reconocer que de él aprendió a tratar con los demás, incluso a veces pensaba que tendía a acercarse demasiado, posiblemente influenciado por la destreza de su padre para manejar situaciones difíciles, algo que a los quisquillosos podría parecerles invasivo; sin embargo, era simple confianza basada en no sentir temor alguno.

A Mamá Aurora:

"Los pensamientos cantan al ritmo de tu hablar,
mientras sentado espero.
Y el canto se enaltece hasta el delirio
al ver la luz que en rededor emanas.

Volteas;
y enternecida al verme,
te mueves
vestida con blancos verdores rojos.

Y aplaudiendo
a las sombras sobre la pared entusiasmas tanto
que alegres saltan y bailan,
provocando más al tiempo.

Sobre verla preparar la cena en el abrigador calor de su cocina cuando, a falta de luz eléctrica (que sucedía con cierta frecuencia), alumbraba el cuarto encendiendo la mecha de un antiguo casco de minero, traído por Papá Isaac y guardado celosamente por ella para usarlo en esas dificultosas horas: Emilio la figuraba vestida de guisado de carne de ternera, salteada antes en aceite de oliva en el comal, con los colores de la cebolla, el chile verde, tomate rojo y ajo, cortados en trozos grandes, y al servir frijoles bayos refritos con queso rallado espolvoreado, elaborar sus ricas tortillas de harina con un rodillo o palmeándolas en el aire, agitando las sombras proyectadas en la pared por la tambaleante llama del reflector en el casco. Y con su amor y el impaciente hambre de Emilio de por medio, degustar esa sabrosa cena en la acariciante compañía de su madre, bebiendo una gran taza de chocolate caliente que ella preparaba desde la tarde e inundaba, en preámbulo a tan maravilloso ambiente, la placidez de la casa y el vecindario con un agradable olor a almendras tostadas. Terminaban la velada sentados en las mecedoras del pequeño porche de la casa, observando las estrellas o las sombras de la noche, platicando y riendo de cualquier cosa.

Por su gusto de la poesía, los muchachos en la escuela se burlaban de él de cuando en cuando y le decían de todo, pero Emilio les contestaba con versos ingeniosos y divertidos y ellos se atascaban de risa o de pensar; y santo remedio.

> *- "Sólo es plástico, no más,*
> *pero útil al follar*
> *y al olvido, ¡ah!, ¡qué va!,*
> *sale Flavio para acá."-*

Así compuso Emilio sobre un compañero, Flavio, que era duro con él para criticarlo o se mofaba de los poemas en su cara. Cuando se pasaba se lo decía a gritos frente a los demás. Y en última instancia amenazaba con golpear al aludido de ocasión y, ante el miedo provocado, se tranquilizaba.

Las chicas generalmente se mostraban receptivas y hasta entusiastas sobre los poemas. Aunque Marcela, después de leer alguno, dijo sentirse "compasiva" en lugar de "comprendida", tomándolo ella con humor un tanto sarcástico; para él lo importante era el interés de la adorable Marcela al expresarlo libremente.

> *- "Si no tengo tu cariño,*
> *conforme estaría con el cuerpo, ..."-*

Empezó diciéndole a Iris una tarde de verano, mientras la veía de arriba abajo por sobre su hombro, una compañera y gran amiga de él, trigueña, delgadita y bien formada, con quien así solía jugar estando a solas. Y continuó en broma: - ¡soy un vil sujeto y no te convengo Iris, no hagas caso nunca y menos cumplas el pedido, pues me desbordarías y no sabría qué hacer! -.

- ¡Para eso me gustabas Emilio! -, repuso ella aquella vez, riendo, - lanzas la red al río arrepintiéndote de lo que atraparás -; y prosiguió: - pero, aunque seas un vil sujeto ¡no te dejaré ir! -; y se abalanzó sobre él abrazándolo con fuerza, intentando sin éxito zarandearlo, ya que era muy flaca y él muy grande; se carcajearon hasta el cansancio.

Inspiraba su Ser:

"¡Iris (Eres) luz,
bálsamo Iri-(s)-discente,
que nace cada mañana,
abrillantando colores
al andar por los pasillos!"

"¡En arcos desparramados
los caminos se iluminan
y a encontrarte todos vamos,
pues alivia, Tú, Tesoro,
corazones afligidos!"

O cuando alguien la convenció de hacerse un tatuaje de una flor en el brazo, inusual e inaceptable en la sociedad de ese entonces, pero ella empecinada:

- "No necesita flores tú cuerpo,
  infinita flor Iris,
  y lo que no iguala mancha,
  ni palabras,
  ni mariposas, ni lunas, ¡ni soles!
  Iris luz que enciende y toca a tu puerta
  y la abre,
  (no puedes ocultarte)"-.

Así era ella, franca, perfecta, abierta, inigualable. También en juego con su nombre se lo hizo y dijo, la condición fue que olvidara el tatuaje y aceptó.

Durante una semana se ausentó Iris de la Preparatoria; una mañana fresca, como ella, su silueta enmarcada en el portón por los tempraneros rayos de sol, reapareció; Emilio la esperó y delante de alumnos y maestros, sorpresivamente, pasó al frente y a gritos declamó en su honor estos versos desde el fondo del pasillo. Después que terminó se acercaron dándose un corto beso en los labios. – ¡¡Sinvergüenzas!!, ¡¡váyanse a un hotel!!, ¡¡échenles agua fría!! -, pitorreaban en un mar de chiflidos los marranos, mientras ellos dos, abrazados, sonreían con gran desparpajo, saludando con las manos arriba al público, igual a artistas de circo en medio del espectáculo.

– Te salió lo marrano -, señalaban así a alguno de los muchachos cuando la situación lo ameritaba, pues esta frase denotaba algún comportamiento chocarrero o festivamente incisivo.

Iris tenía una hábil gracia para hacer sentir bien a quienes le rodeaban. Una forma peculiar de ser que movía el aire al tan solo verla, creando una atmósfera atrayente, cual imán, para quienes alguna tristeza o confusión les dominara, desencadenando sonrieran. Ella poseía una sonrisa sutil, apenas perceptible, pero cuando reía lo hacía ruidosamente sin sonar burlona. Aunque escondía cierta desolación interior que Emilio podía entrever en el fondo de su mirada. Iris quería a todos y todos a ella, pero con ninguno enamorado, solamente él de una forma especial.

> *"Huyendo asustada*
> *se fue la tristeza,*
> *por una sonrisa*
> *que vio en tu morada."*

Cariño entre ellos era. Y del mero bueno.

En tardes de fin de semana tenían por costumbre, los muchachos y en ocasiones las muchachas también, ir, a escondidas por supuesto, a beber cerveza a la orilla de un arroyo cercano, casi seco la mayor parte del año, en las riberas de este río, gracias a la humedad de pozas permanentes, crecían enormes sabinos y nogales criollos que refrescaban el lugar: el "Río Escondido, acorde este nombre con la esencia de su aventura. – ¡A pistear bironga! -, con estas palabras distorsionadas en español desde el idioma inglés, que significan tomar cerveza, lo anunciaban entre ellos antes de partir.   Acudían en auto o a pie, conversando en grupos o enfilados uno tras otro. Eran tiempos monótonos y planos.

¿Sexo?, sí, había sexo en su ambiente. Mamá Aurora le dijo al respecto, ya joven Emilio, - y si no, cuídala - muy bien sabia a lo que su madre se refería.

Era común, pues, en el medio estudiantil escaparse al río después de las veladas. Las parejas jóvenes con solamente caricias y besos eran lo normal. Aunque algunas empleadas de mayor edad que ellos, trabajadoras de los negocios del pueblo, tremendamente liberadas, se acompañaban de algún estudiante, quien no desaprovechaba la oportunidad, animado tal vez por lo que se decía ellas se dejaban hacer.

Una vez, cuando Emilio rondaba los 16 años, luego de una tardeada, fue con Dina, amiga de 20 años y enfermera asistente del Centro de Salud. Ella le enseño como atender a una mujer en la intimidad: - paso a pasito y suavemente - le dijo; - y, nunca olvides, hazla sentir que la quieres -; a lo que él inquirió, – ¿y para yo sentir que ella me quiere? -, - entonces quiérela de verdad -, respondió Dina.

Después, a duras penas reprimía los intensos deseos de estar con Dina, pero evitó involucrarse muy repetidamente, sea por miedo a que los descubrieran, la posibilidad de embarazarla o por el riesgo, infundado, de contagiarse con enfermedades. Aunque siempre estuvieron "protegidos".

"Ver la luz de Luna", es la expresión con la que ellos se referían a ir por las noches a las riberas de ese río, para acariciarse o tener sexo.

Mantenía la distancia con las chicas y se consentía sentimentalmente con Iris, y ella con él; amistad, aprecio puro y sincero afecto los unía.

Pero su vida daría un vuelco brutal después de Karina. Al principio él no advertía los riesgos de amar. Ni idea tenía. Y se dejó llevar por excitantes emociones y hondos sentimientos que hasta ese entonces no conocía, ni cerca, siquiera, había estado, incluyendo sus sueños húmedos.

Ella llenaba de "razón de Ser" sus días y sus noches. Las mañanas se volvieron intensas y brillosas, las tardes ardientes, las noches tibias y apacibles; al ver la luna le parecía más grande, como enorme pelota de basquetbol de color gris cuando la lanzaba sobre el aro en aquellos juegos en los que participaba cada semana. No tenía ni buscaba explicación alguna a lo que le ocurría, sencillamente, al verla o recordarla, las sensaciones eran diferentes y placenteras. Le sucedía, al ir por Ella o tan solo el pensar estarían juntos, que un frio se esparcía rodando en círculos por la parte baja de su pecho y se cambiaba a calor intenso al llegar y tocar su mano. Y él ahora sonreía; sonreía con la confianza de un niño, ampliamente, - de tonto - decía Mamá Aurora, sin querer ser ofensiva y refiriéndose a los enamorados.

Terminaron las clases el primer día. Emilio salió corriendo al pasillo de la escuela buscándola afanosamente y a lo lejos la divisó, platicaba Ella con un compañero. "¡Tengo que hacerlo!", se gritó interiormente y decidido avanzó hacía ellos diciendo enfáticamente al llegar, sin entender el por qué pues temprano tan sólo había cruzado unas pocas palabras con esa chica, - ¿¡nos vamos Karina!? -. Sorprendida otra vez, ahora probablemente por el porte insolente y el tono de voz altanero de Emilio, volteó hacia él y asintió varias veces con movimientos cortos y rápidos de su cabeza, abriendo grandes sus ojos luminosos.

Con esa actitud él pretendía presentarse dominador, macho, pero parecía arrogancia y bien terminó siendo un arrebato apresurado, de esos que ocurren una vez en la vida cuando ves que la mujer que te gusta hasta el cielo podría llevársela otro. Percibió que le funcionó y un cosquilleo alegre de satisfacción pasó por su cuello al pensar: "¡ya chingué!".

Se fueron. Inusualmente nevaba esa tarde sobre la loma "De La Cruz", un montículo en cuya cima construyeron el edificio escolar, llamada así por tener asentada una cruz de piedra esculpida toscamente por los primeros misioneros españoles, llegados a ese lugar hace siglos y donde evangelizaron a los nativos originarios. Los Viejos platicaban, en broma, que a quien no aceptara bautizarse – lo amarraban a la cruz y le azotaban en la espalda con una gruesa cuerda de ixtle mojado, ¡todos se bautizaban! - exclamaban.

Ya afuera del portal le subió a Karina el cuello y la solapa de su chamarra desde adelante, rodeándola con ambas manos al hacerlo, con lo cual sus rostros quedaron muy cerca. - Mostrarte protector, a las chicas les gusta -, le dijo alguna vez Papá Isaac. Novel en eso de cortejar ensayaba con poca habilidad la sugerencia; aun así, esperanzado y con la ilusión rebosante de hacerla su novia, se esforzaba.

En el trayecto, buscando Emilio las palabras apropiadas para disculparse por su conducta de minutos antes, tartamudeó: - n-no, no, no, … no creas que soy atrevido al acercarme a las personas -, mientras turbado movía las manos con todo y libros, - no sé …, p-p-o-r-que lo hice, creí que si te entretenía ese chico llegarías tarde a casa y tendrías dificultades -. "¡Que burro soy, todavía espero agradecimiento!" se reclamó; pero la miró y esbozaba Ella una sonrisa "y seguramente se está carcajeando por dentro al observar mi notoria torpeza", reflexionó él.

Platicaron de todo. Emilio daba pasos pequeños deliberadamente creyendo así alargaría el camino, no quería llegar al punto en que Karina le dijera: "¡aquí vivo, gracias!", y terminara el placer de su presencia. De tramo en tramo se entretenían jugando: avanzaba Ella y él intentaba detenerla, afrontándola y caminando hacia atrás lentamente, abriendo los brazos para simular atajarla.

Siguieron y, casi inconscientemente, fluyeron de su boca palabras que dejaban al aire el sentir experimentado en él al conocerla:

- "Que un camino no es eterno,
eso puedo distinguirlo,
pero que siga por siempre
será si tú y yo lo hacemos."-

Esperando su reacción, la vio por el rabillo del ojo sin dejar de avanzar. – ¿Qué dijiste? -, de improviso respondió Ella, deteniéndose y soltando una risita al aproximar a él su cuerpo, agachándose un poco para verlo a la cara, - vuelve a repetirlo - pidió; y Emilio lo hizo. – ¿T-t-te gustó? - preguntó él, tartamudeando de nuevo, temeroso de haberla molestado, pero Karina hizo una expresión de agrado, aunque chanceando resaltó, –¡si me canso apenas con llegar a casa! - y volvió a reír.

¡Esa risa!, música celestial a sus oídos era.

"¿Voy muy rápido?, ¿lo entendería como una declaración?, ¿estaré muy confianzudo?, ¡si la asusto se acabó todo!", caviló Emilio, invadido otra vez por sus inseguridades, aunque, ya alineados sobre la banqueta, de soslayo la veía y Ella sonreía, parecía no estar confundida o alterada. Él, a falta de más palabras, le regresaba una que otra sonrisa trémula y continuó cavilando: "necesito acorralar mis emociones y medir el alcance de lo que hablo, pensar detenidamente antes de hacerlo".

Fue la primera ocasión en que Karina oyó algo de lo que Emilio creaba.

16 años había cumplido Ella hace dos meses; tenía dos hermanos, hombre y mujer, menores; su padre, tal como lo supuso, era asesor de La Compañía Minera y fue cambiado temporalmente a Río Escondido una semana antes. De modo que Ella no conocía casi a nadie.

Karina poseía un porte fantástico: se levantaba sobre los pies pareciendo flotar al caminar; llevaba la barbilla al frente cuando escuchaba a alguien. De rostro algo ovalado, nariz delgada levemente afilada, labios delgados sensuales, tenía un pequeño lunar sobre la comisura derecha, ojos medianos con un mirar de embeleso mezcla de languidez y tristeza, que Emilio podría definir "de confianza infinita", el cabello castaño un poco ondulado, suelto y de largo arriba de la cintura, su cuerpo claro y brazos delgados, de risa alegre y contagiosa. En estatura apenas sobrepasaba el hombro de él. Olía a un exquisito dulzor, asemejado al de las rosas, pero fuerte, más bien al aroma de gardenias.

"El cabello al aire,
enredado ligero por el viento,
azuzado por el ave
que se mece en el cielo, …"

Escribiría de lo hermosa que se veía.

Había dejado de nevar, aunque la tarde se mantenía muy nublada y oscura. Su casa estaba a unas doce cuadras, elegante pero pequeña. La Compañía se las había cedido en préstamo, césped cortado y jazmines sembrados en el jardín, el patio cercado con tablones de madera terminados en punta y pintados en color verde olivo. De la ventana principal colgaban cortinas rosas combinadas con blancas, por entre las cuales asomaba una débil luz amarilla. El olor a flores y a tierra recién regada predominaban al acercarse. Detuvieron la marcha a la entrada, Ella vio su mirar elusivo y dijo, en una forma de decir adiós: - nos vemos -, moviéndose despacio para entrar en su hogar, él rápido alargó su brazo y la alcanzó tomando su mano, apretándosela suavemente; Karina, a punto de abrir la puerta de la valla se contuvo y medio viró el torso, intrigada o esperando algo; sin soltarla él redujo la distancia entre sus rostros, bajando la voz y así Ella creyera que éste fue el motivo de hacerlo y no otro atrevimiento más de su parte, diciendo, un poco fuera de lugar pues volvió a asumir una pose petulante:

- ¡Te veo mañana, te esperaré en la banqueta para ir juntos a la escuela! -.

Sin más se despidieron.

"¡Bonita cosa!, sí que estoy mal, ¿para ir juntos a la escuela?, ¡que palabras!, ¿insinuaba yo acompañarla a otro lugar?, ¿a alguno indebido y a solas tal vez?, ¡y mi actitud! ¿de nuevo?, necesito urgentemente despabilar la mente o definitivamente todo un desastre resultará", se dijo. Recordó de Mamá Aurora: - "a las chicas no les gustan los hombres tontos"-. "Sé paciente, Emilio, no lo eches a perder", se concluyó ya un tanto fatigado por la conmoción del día.

Pero cierto es señalar que, durante el paseo, mientras Ella muy seria lo veía o se mesaba con la mano el cabello para acomodarlo atrás de la oreja, él imaginaba y deseaba fervientemente esto sucediera: que, deteniéndose a la orilla en algún jardín del vecindario, se hincaba frente a Ella y viéndola al rostro moldeaba con las manos sus contornos, partiendo desde ambos lados de los tobillos hasta llegar a los muslos y las caderas por debajo de su falda, restregándole la piel para darle calor suficiente y soportar el frio viento. Luego, sentándose, la abrazaba y delicadamente besaba su cuello pasando a la comisura de los labios y a su lunarcito, frotándolos con la punta de su lengua sin despegarla, encajándose las bocas, para, entonces, llevar la mano por entre los botones de la delgada blusa, que veía en el medio de su chaqueta, pues como que las grandes flores de girasol de centros color marrón y pétalos en amarillo intenso, al moverse, aleteaban invitándolo a pasar su mano a través de ahí para acariciarle al desnudo cintura y pechos. Enseguida recostarla sobre el césped, desabrochar lentamente sus zapatos rosas y las calcetas quitándolas para masajear con las manos sus pies y piernas y besarlas, deslizando los labios y subirlos a la parte alta de las rodillas; y Ella, al tiempo que se quedaba quieta mirándolo con la misma actitud ingenua que mostró, aunque coqueta, pareciera no darse por enterada de lo que él le hacía y por consiguiente no corresponderle. De este calor mental por suerte absolutamente nada externó o Karina lo hubiera enviado - a trabajar en la mina en medio de la noche -, palabras que oyó a algunos del pueblo les decían sus mujeres para hacerles ver que ellos las estaban fastidiando; espantándola sería en el caso de Emilio.

Esa noche casi no durmió. Estuvo pendiente de Ella en pensamiento y en corazón. Escribió un poema de cuando la miró a contraluz por la mañana:

> *"… . Y después de la Aurora,*
> *tu silueta encendida por los rayos*
> *del sol,*
> *la cintura enlazada por el fuego*

de mis ojos,
que al contonearte a un lado y a otro
avivas más vez a vez ..."

"... Mientras tus muslos,
a cada paso se acarician entre sí;
y vienen
hablando en voz baja
de cómo compartirme sus delicias de piel. ... "

Emilio despertó al siguiente día con el ruidoso sonido de la alarma del reloj de mesa y de un salto se puso en pie. Se pulió en el aseo personal, sus acciones y movimientos los orientaba a un objetivo: Karina. Aunque por ratos se olvidaba, mecánicamente seguía concentrado en prepararse para el segundo encuentro.

Salió de casa mucho antes de lo habitual, sudaba de la frente aun cuando la mañana estaba muy fría, después de un rato bailó saltando en el césped del patio de su casa para calentar los pies. Observó colgaban de los bordes del techo gotas de agua congelada, pues estuvo helando durante la noche; - "son espinas de hielo, igual al recelo, la envidia, los malentendidos, con el calor tarde o temprano se disipan"-, rememoró otro dicho de Mamá Aurora.

Vio la hora en su reloj de pulso, era antiguo, pero bien cuidado, había sido usado por su abuelo paterno y luego por Papá Isaac, quien se le regaló un día antes al cumplir Emilio los 17 años. - La misma hora que ayer y no llega -, dijo hablando solo; la ansiedad lo corroía y estuvo a punto de tomar rumbo a la casa de Karina a encontrarla y averiguar si algo malo pasaba. De pronto le vino la idea de que Ella quisiera rechazarlo y siguiera a la escuela por otra ruta evitando verlo. – ¡No!, que no sea así -, suplicó. Iba a hacerlo cuando apareció Ella a lo lejos, avanzaba presurosa *"contoneándose todita"*. De pie en la orilla de la calle él la esperó, firme estiró el cuerpo e impresionarla con su altura, según él, sonriéndole desde su distancia, tranquilamente, con aquel inocultable modo juvenil: levemente y hacia un lado del rostro, confiado y sereno. Se emparejaron en silencio y al ir caminando ambos sonreían de oreja a oreja sin dejar de mirarse a los ojos.

"Quiero ver tu rostro,
¡más cerca!, ¡más cerca!,
y despacio,
atrapar el instante en que tu sonrisa bese a mi sonrisa."

Escribió luego.

Emilio tenía una sensibilidad, un Don que Dios le había dado para pensar con agudeza y escribir. Lo hacía compulsivamente de lo que oía, sentía, veía y lo que no bastaba con imaginárselo.

Pero ahora era distinto, escribía sobre algo que nunca había comprendido realmente: el amor y el deseo inconmensurables por una mujer, su cuerpo y sentimientos. Aunque había estado con otras, Karina era … Karina, su aroma, el meneo de las caderas, el rostro, su mirar, el cabello, los labios, la sonrisa, su hablar, ¡su risa!, ¡¡sus muslos!!

> *"Es tarde de primavera,*
> *enardecida por el rojo de tus labios,*
> *¡qué resplandor hace brillar la sombra*
> *de la montaña*
> *y los verdes nogales en la ladera!"*

Toda Ella atrapaba su querencia y su Alma.

A los pocos meses de la relación, por las noches, se ponían de acuerdo para encontrarse detrás de unas paredes viejas casi derruidas que estaban a pocos pasos de la casa de Ella; y allí se abrazaban y besaban, con ese ardor confuso y torpe propio de su edad, pero frenético e intenso; claro, con la ropa puesta. Atisbaban de cuando en cuando el camino, una vez uno una vez otra, temerosos de que alguien los oyera y fuese a asomarse a ver qué pasaba en ese rincón oscuro; aunque no dejaban de hacerse lo que se hacían ni por un momento.

> *"En noches de luz ausente*
> *mis palabras atisban entre las sombras*
> *y buscando a tientas a tu cuerpo encuentran*
> *y lo envuelven,*
> *lo abrazan,*
> *lo acarician,*
> *lo incitan a atreverse,*
> *¡a perderse en el miedo!"*

¡La amó tanto desde el primer instante! ¡Ni palabras ni poemas hay en hermosura que sean suficientes a su exigencia o puedan convertirse en fiel reflejo de la flor gloriosa más bella y preferida del desierto!: ¡Ella!

Pasaron los días las semanas y los meses. Las salidas se hicieron frecuentes y muy fuera de horas escolares, el deseo mutuo, aunque candoroso, crecía imparable al ritmo de los encuentros. A veces él la pillaba viéndolo fijamente, de una forma intensa, curiosa, suplicante, a lo cual él correspondía con miradas confusas o más bien tímidas, pero manifiestas del mucho querer que también lo llenaba. Estando juntos soportaban cualquier condición, calor, frio, lluvia, lo afrontaban consintiéndose, entregados a sí mismos y soñando:

> *"Vamos a soñar,*
> *vamos a vivir,*
> *crucemos el océano, caminando,*
> *solos,*
> *sin nada,*
> *más que la esperanza de llegar."*

Emilio no tenía duda alguna que había dejado de ser niño, aunque sonriera transformado en uno después de conocerla. Eran emociones que perseguía y no alcanzaba a asimilarlas, pues se atarantaba entreteniéndose abobado, confundido por lo que sentía, apenas en la primera emoción. Pensaba en tercera persona y se preocupaba por Ella hasta el absurdo, de qué si alguien la embaucara y se la quitara, de si no fuera a caer en una zanja o golpearse al practicar deporte, y ahí acabara todo. – Dios, cuídanos de que algo así ocurra -, imploraba.

Karina era de fácil plática, lo hacía fluidamente, con ideas claras y en forma muy descriptiva, acompañando sus palabras con cortos movimientos de las manos, en tanto miraba directamente a su interlocutor.

- ¿Has probado el cordero asado, sazonado con pimienta, sal, orégano y ajo, después guisado con vegetales o al horno? - preguntó a Emilio en una ocasión. - No, ¿cómo se prepara, mi vidita chula? - responde él; y Ella le explicó desde cual calle seguir para ir a comprar los ingredientes, en que tienda los encontraría con descuento, …, él la observaba boquiabierto y ensoñaba a Karina blandiendo entre sus blancos dientes esa deliciosa carne de cordero, invitándolo a compartir peleándose a punta de dentelladas y besos para poder comerla.

Les gustaba vagar por entre los matorrales del desierto, iban al camino largo, el que une con el pueblo vecino al suyo, a atrapar arbustos maromeros o a verlos desplazarse saltando sobre el monte por la fuerza del viento; subían y bajaban entre las orillas del arroyo y a ratos descansaban en alguna sombra recostados en el suelo, contemplando en lo alto el follaje de los enormes y verdes nogales.

> *"Montañas y valles,*
> *secos, desiertos.*
> *Caminos perforados por ríos y arroyos sin agua.*
> *Arbustos en llamarada.*
> *Invitan a inundarlos y reverdecerlos*
> *tomando sobre la arena*
> *a la mujer amada."*

Escribiría sobre el paisaje y Ella al lado.

Comían nueces al por mayor, por lo que se detenían a la orilla del camino. Cuando así sucedía, mientras Ella esperaba sentadita sobre una roca o alguna saliente en la tierra, rompiendo las nueces a golpes entre dos piedras, él lanzaba un pedazo de rama gruesa para apalear los nogales, que dócilmente así dejaban caer sus secos frutos; ellos aprovechaban la fuente que la naturaleza les daba de ricas, pero pequeñas y de corteza muy dura, nueces criollas. Preguntaba Karina: - ¿por qué cuando lanzas el palo casi siempre se queda arriba? -. Él contestaba, – no lo sé -. Y verdaderamente no se explicaba porque de tres tiros dos se atoraban entre el follaje del árbol. Lo alentaba Ella: - ¡lo avientas tan fuerte que se refugia en el cielo! -.

Nueces por montones llovían atareándose los dos a recogerlas. Karina doblaba hacia arriba su falda, enconchándola para juntarlas ahí, revelando a Emilio, con esta maniobra, inevitablemente, piernas, rodillas y aún lo más alto de sus blancos y turgentes muslos, incluso dejaba ver la parte baja de su ropa interior, con una inocencia impactante para él; esto lo conmovió a tal extremo que lo hizo descubrir una de las formas más extraordinarias de relacionarse con una mujer: la confianza absoluta y la certeza del par, extendida a lealtad pura y suprema, en seguridad sentida eterna que atenazas fuertemente y haces tuya para nunca jamás soltarla. – No ha habido mayor enseñanza en mi vida. Puedo jurarlo -, dijo en una ocasión.

Cantaría:

> - *"Cuando la luz del sol se haya ido*
> *y la luna caiga en mil pedazos,*
> *cuando sólo jirones de estrellas*
> *queden en el Universo,*
> *aquí estaré,*
> *esperando,*
> *hasta ver,*
> *la luz de sus ojos claros,*
> *el brillo de esos labios rojos."-*

En esos días escribía con el significado coloquial del lenguaje que utilizaban algunas de las gentes y le daban sabor de añejo, indígena y de buen humor al pueblo:

> *"Dios, dame todas las palabras bonitas que tengas,*
> *¡pa´ ansina poder decirle tu´avía munchomásmejor cuánto la quero!"*

En el entorno los amigos y amigas de Emilio estaban extrañados, ya no se agrupaba tanto con ellos. Iris le preguntó: - ¿ya ni mi cariño quieres tener? -, parafraseando irónicamente lo que él algunas veces le decía, mientras, luciéndose, se pavoneaba enfrente adoptando poses sugestivas con las manos apoyadas en la cintura u ondeando con ellas el contorno de sus incipientes curvas, meciendo las caderas; y se lo regresó Emilio, asumiendo aire de seriedad habló, enlazándola del talle igual a si fueran a bailar y juntando la mejilla a la suya: - es lo único que quiero y siempre quise de ti Iris, el corazón es más importante que el cuerpo -. Mostrándose traviesa ella se separó y simuló un puchero, exagerándolo al estirar hacia abajo los labios desde las comisuras con las puntas de sus dedos índices, sin dejar de caminarle agitando la cabeza.

A veces, antes, estando en los jardines de la escuela, saltaba con Iris como un desquiciado, abrazándola la levantaba al aire con una mano, pues era tan ligerita. Daban pasos grotescos, "de chango", tarareando cualquier canción de moda a manera de música mientras reían escandalosamente. Los demás aplaudían y algunos se contagiaban del espontáneo jolgorio participando con entusiasmo. Muy deliciosa era en el trato que ella le dispensaba y él bien le correspondía.

A Iris le deprimían los días nublados y húmedos. Cuando así ocurría, con la intención de rescatar su usual alegría, Emilio le actuaba: - ¿qué porqué te quiero? ¿Dices qué porqué te quiero, linda mujer, mi flor de mayo?, ¿eso dices?, ¿dudas de mi amor por ti? -. Y ella impasible lo observaba mientras él seguía haciendo al tonto y rimando al vuelo:

> - "¿Por qué te quiero?,
>   ¡Porque te quiero!" … -

> - "¿Por qué te quiero?,
>   ¡Porque te quiero!" … -

Reía ella, apuradamente, pues bien sabía que Emilio no se detendría hasta que lo hiciera, sin poder de otra forma quitárselo de encima; aunque, a veces, para lograrlo él se hincaba en posición de rezo empalmando las manos, viéndola con ojos de ruego y luego caminaba así, de rodillas, persiguiéndola si ella tratando de evitarlo se alejaba; o de pie le bailaba ridículamente por alrededor casi rozándola con su cuerpo. Siempre fueron infantiles y muy locos.

Emilio recordaba una noche, meses antes de conocer a Karina. Tocaron insistentemente y con fuerza a la puerta de la casa y oyó gritos afuera – ¡Emilio!, ¡Emil-i-o-o-o! -. La abrió, era Iris, estaba de pie pegada bajo el marco; sollozante hipaba y hacía cortos b-u-u-s de llanto, sus ojos asustados, grandes, fijos, rojos; le corrían manchones negruzcos veteados por huellas de lágrimas que escurrían a lo largo de los pómulos y las mejillas desde sus mal pintados párpados. Temblaba sin parar y le salían mocos por la nariz, los que limpió con una de sus mangas; vestía como para una cita importante: chaqueta blanca con visón de vellón artificial esponjado en el cuello, blusa celeste y collar de perlas de imitación. Traía la ropa mal acomodada, especialmente la falda, también de color celeste, pues él pudo notar que la cremallera la traía por el frente; las piernillas flacuchas polvorientas trémulas de espanto y zapatos de tacón mediano blancos, ya grises por lo enterregados; en juego con el tono del atuendo un bolso colgaba de su brazo izquierdo y portaba un delgado reloj de oro en su muñeca. Sin pensarlo, se abalanzó sobre ella acurrucándola en un ceñido abrazo, haciendo soltase peores lloridos, ladeó la cara para cubrirse la boca con la mano y, al mismo tiempo, evitar moquearle la camisa a Emilio, a quien ganas le dieron de llorar, aunque las contuvo sabiendo que así poco ayudaría a su querida amiga. Sin soltarla del abrazo miró hacia las sombras de la calle buscando un posible agresor, no había nadie, apacible era la noche; al hacerlo la apegó, sin querer, de sus partes bajas más allá de lo debido, a lo que no le dieron importancia pues no hubo en él malicia alguna. Apurado a tranquilizarla la apartó un poco con las manos, interrogándola con la mirada.

Pero ella lo veía y chillaba en un prolongado grito, sin poderse detener, regresando a esconderse en sus brazos pues estaba avergonzada por lo que le pasó y no quería la viera llorar; lo volvió a hacer e igual reaccionaba. Él la separó y sacudiéndola ligeramente con ambos brazos preguntó, - ¿qué te pasó?, ¿qué te hicieron Iris? -.

Atormentada, hablando entre las calmas de suspiros espasmódicos, bajando la vista hacia sus manos, por fin pudo decir en un lenguaje poco inteligible: – me maltrató Julio, quería tuviéramos relaciones se–x–u–a … les cuando fuimos al arroyo … -, - ¿qué? - preguntó él, interrumpiéndola pues no le entendía, - ¡Julio quería que tuviéramos relaciones sexuales! -, habló ahora claro, hipando entrecortadamente, - lo rechacé y luego él de un empujón me arrojó fuera del auto. Vine caminando desde allá. ¡No es eso lo que necesito Emilio, no es lo que quiero! - gritó de nuevo desbordada en llantos de niña inconsolable. – Lo sé Iris, lo sé - afirmó él, desconcertado.

Sin saber qué otra cosa decir la mantuvo abrazada, alisándole con la mano su despeinado cabello, sintiendo entre sus dedos algunos fragmentos de hojas y piedritas enredados ahí, espulgándola se los quitó, jalándole un poco, - ¡ay! - exclamó ella y él se detuvo. Entraron a la casa.

- No sabía a donde ir ni que hacer - continuó Iris. En tanto él la encaminaba a sentarse en una de las sillas del comedor, ella avanzaba con pasos cortos y los brazos colgando, en actitud de extremo desanimo y sin dejar de hacer bu-u-u-s.

- No temas, estoy aquí -, recalcó él. Claro que, con decir esto en nada cambiaba lo que le pasó, pero al menos estaba dispuesto a aliviarle los pesares, era su amiga y la quería mucho. - *"Sobrando cariño, se apagan tristezas y acaban los males -"*, recordó un decir de la abuela Rebeca.

Iris había iniciado, semanas antes, flirteos de noviazgo con el tal Julio, un compañero, rapaz a más no poder, integrado a un grupo estudiantil abiertamente pendenciero. Era mujeriego e iba a todas y la que le "caía" fácil la "agarraba", algo atractivo físicamente, - daba el gatazo - comentaban algunas chicas en los pasillos de la Preparatoria, pero era un pendejo. Ella, Ilusionada, joven, dócil, impacientada, inocente, guardando alguna esperanza de asentar un incipiente y, aparentemente, venturoso romance, se acercó a él y le permitió acercarse, por lo visto para su desgracia.

Se quedaron juntos buen rato sentados a la mesa, uno frente al otro, mirándose a los ojos; minutos después, sin pedir su aprobación, Emilio se levantó, humedeció una servilleta de tela que sacó de un cajón y se acercó a Iris para limpiarle su chorreado rostro, luego la nariz, que ella sonó ruidosamente al atrapársela entre sus dedos con el paño. Después le sirvió de la cena que Mamá Aurora había preparado y aún estaba caliente, de una parte dejada enfriar antes de guardarla en el refrigerador para el almuerzo del día siguiente: carne de filete de res cortada en trozos pequeños guisada con cebollines y apio fresco en salsa casera; al lado, en otro plato, frijoles negros recién cocidos con queso blanco espolvoreado, tortillas de harina que él recalentó en el comal de la estufa, un vaso con leche fresca y, para finalizar, de postre, pastel de crema con fresas.

Iris comió con voraz apetito, posiblemente despertado por el despiadado susto que le dieron; mientras lo hacía, Emilio la observaba: su carita afilada y de rasgos finos, algo demacrada y triste; hacía buches de comida en las mejillas al masticar. Acabó. Sonreía apenas. Aunque todavía tenía una expresión temerosa.

Después la llevó a su casa tomándola de la mano. Sin dejar de caminar le limpió el polvo de la falda y las piernas sacudiéndolas por atrás y por adelante con un pañuelo extendido, que él siempre cargaba en una de las bolsas traseras del pantalón. Ya próximos a la puerta se detuvieron y adelantó ella, uno a uno, sus pies y zapatos para que él se los limpiara bien, a la vez examinó con la vista que su ropa estuviera acomodada. Se calmó cuando entendió el error, - no lo volveré a cometer -, poniendo ojitos somnolientos dijo, dando a Emilio un beso en la mejilla, quien respondió abrazándola fuerte. Iris, conmovida, lo atrapó entre los suyos y recargó la cabeza en su pecho haciendo un puchero, así estuvieron unos segundos y se despidieron.

Tan solo el pensar en ese intento candoroso de su linda y joven amiga por esforzarse en lucir sus mejores galanuras, queriendo apresurarse a dar el paso de niña a mujer, su genuina disposición para encontrar el primer amor y en los efectos que en su inocente interior había tenido la cruda realidad de la vida, inesperado para su "realidad" pues para ella todo su entorno era belleza y bondad, a Emilio lo orilló a una profunda compasión que lo ahogaba y no lo dejó dormir bien durante varias noches.

Más adelante escribió sobre el incidente:

- "Aquella noche,
tu cuerpo grácil y esbelto
no fue a ver la 'luz de luna',
pues no cediste, y que bueno,
a capricho del imbécil
el deliquio oportunista. ..."-

- "... Deja que se vaya el bruto,
¡No habrás perdido gran cosa!,
si no esperó a que sintieras
la brisa apacible y calma
menos tendrías el disfrute
al dar de ti aún verde el fruto. ..."-

- "... ¡Ven! Despierta.
¡Quédate!, juntita aquí,
conmigo amada Amiga,
llorando por dentro. Estoica.
Lenta, oculta, conmovida.
Más no sola, hay compañía
de un Alma que en fuerte estima
tiene a tu vida cómo a la mía. ..."-

Se lo cantó de cerquita una tarde.

Aparte de a Dios, y a Papá Isaac, Emilio no le temía a nada ni a nadie. Aunque casi todos los conflictos los arreglaba con poesía o palabras de por medio cuando alguien lo agredía o insultaba, que bien acomodadas se volvían agradables o llenaban de comicidad situaciones difíciles, aun si apenas le entendieran los pleitistas, ni cuenta se daban y de una u otra forma acababan pensativos o riéndose; o corriendo cuando las usaba amenazantes. "Pero en este caso no funcionaría", dijo para sí.

"Un día, después de salir de la escuela, en la calle topé intencionalmente al Julio, aunque quiso huir al verme, corriendo lo sujeté de la chaqueta y el cuello; izándolo lo sacudí en el aire como si fuera de trapo, espetándole al rostro, quedamente, pero con firmeza, nariz con nariz: - ¡jamás … jamás … te vuelvas … a acercar … a Iris … hijo-de-tu-pinche-madre … sí lo haces te mato a chingadazos y patadas en la panza!, … ¡ella es mía!, ¡¡entiendes pendejo!!, ¡¡¡mía y de nadie más!!! -, al tiempo que lo movía todo lo fuerte que podía (mentí sobre el hecho para enfatizar la advertencia, aunque no estaba apartado de la verdad, sentimentalmente Iris era mía)". Quienes acompañaban a Julio ni intentaron auxiliarlo al ver a Emilio tan enfurecido y se alejaron corriendo; él lo lanzó lejos, quedando allí, tirado. Después de esto ni se volvía a mirarla, según le comentó ella.

Cuando quería intimidar Emilio lo hacía asegurándose de lograr siempre su objetivo. Más por actitud que por hechos tenía fama de ser muy cabrón, lo que le ayudaba en este tipo de trances. - Y si había que pelear para solucionar algo, ¡peleaba!; aunque esto más de una vez costó me partieran la madre quedaba el hecho: al menos siempre recordará qué miedo no le tuve -, platicó alguna vez a un amigo.

Avenimiento emocional puro volaba sin fin en ambas direcciones entre Iris y Emilio.

Los tiempos turbios que vienen tardarán, pero ineludiblemente afectarán ésta hermosísima relación.

CAPITULO IV

"... acerqué mis labios a su boca y le dije bajito: - sentir tus manos, / besar tu aliento, / mirarme en el brillo de tus ojos/ y dejarme nada -, le pedí repitiera este verso después de mí y lo susurró en mi oído infinidad de veces. Nos acariciábamos con las palabras tanto o más que con nuestras bocas, manos y cuerpos, haciendo estallar los numerosos e innombrables placeres hasta el cielo, mientras yo, enloquecido e impaciente, avanzaba dentro de Ella y casi salía por el ímpetu con el que lo hacía. Me detenía unos segundos y despacito la pegaba a mí con vigor en vaivén para acomodarnos, cerrando así cualquier espacio que hubiera entre nuestra piel y al mismo tiempo sentir estaba todo en Ella, frotando con apremio la superficie de su pelvis, abierta completamente cómo una flor con los pétalos extendidos en abanico dando de comer su néctar a gula al colibrí en el pico. Karina, sujetada con sus manos de mis codos, se enderezaba un poco y yo le ayudaba levantándola con mi brazo desde su espalda apretándola muy fuerte; balanceando el cuerpo se estiraba y jalaba aferrándose a mi igual a si yo fuera el mástil de un barco en medio del mar embravecido y su salva. De esta forma permanecimos, murmurando torpezas sin ton ni son: - te quiero, ¿me quieres?, ¡Emilio!, ¡Emilio!, te amo, ¡te amo!, ¿cuánto?, sí, sí, ¿siempre?, ¿qué?, Karina, ¡sí!, ¡te amo! - y las partes del poema que replicábamos. Pero instintivamente no perdía el ritmo de irme hasta adentro y hasta afuera de su profundidad, en tanto Ella, en sincronía, contraponía su peso en un afán de permitir a su blandura hendida absorber con celestial fervor mis embestidas.

Casi flotábamos gracias a los lúbricos líquidos que bañaban cada parte de nuestros cuerpos, semejantes a esquiadores al ir sobre el agua. En ratos nos mirábamos con ojos entrecerrados en una forma de sentir volando y, de pronto, emitió pequeños quejidos acelerando sus movimientos, entonces las contracturas de la excitación hicieron que su funda retuviera desde la base a mi extremo en su entero grosor, dejándoselo totalmente dentro sin podérselo sacar; tuve que mantener cortas y veloces avanzadas casi sin separarnos estregando, por esta manera, intencionada y repetidamente, su palpitante y turgente fruto con el cuenco de mí empuñadora. Entrelazándola con ambos brazos desde sus sedosas posaderas, para amarrarla, creí que nadaba en suave tersura y las masajeé de izquierda a derecha y viceversa. Abarcándolas con las manos expandidas, yo parecía una pala de maquina minera cuando envuelven la tierra, pues la subía con tal fuerza que hubiera levantado el peso del mundo junto con Ella. Después de un rato empezó a soltar una especie de chillidos apenas audibles, viéndome con los ojos mojados, luego cambiaron a sonidos tronantes que le regresaba en forma de gruñidos cavernosos parecidos a los de un gorila, convirtiéndose esto en un ir y venir articulado de canto en la selva a dos voces. ..."

"Este es solo un juego y terminará, mi amor por ti es eterno."

Jugaban el Campeonato Regional de Basquetbol contra el equipo de "Verde Valle", un poblado cercano a Río Escondido, sus rivales tradicionales. Ellos le apodaban a ese pueblo "El Mentiroso", pues no era ni verde ni valle. El Gimnasio se llenó al tope. Karina se mostraba fabulosa en el grupo de porristas, superaba a las demás en belleza, con las borlas, su faldita corta, piernas y muslos largos hermosamente refinados cual escultura de Afrodita en movimiento. Al arquearse en el aire destacaba su silueta voluptuosa y firme desde el cabello a las puntas de los pies. El Mike, un compañero, la elevaba en las rutinas sosteniéndola de la cintura o de la cadera.

Por momentos Emilio se distraía y perdía el balón al ver de reojo lo que sucedía afuera de la cancha. Leonel, el Entrenador de basquetbol, un tipo velludo de ascendencia griega, dándose cuenta del porqué de lo que le pasaba y su consecuente desconcentración, lo sacó del partido, aun cuando era buen jugador, muy confiable en los tiros a distancia y luchaba con fuerza. El Entrenador, finalmente, viendo la situación y un tanto molesto, pidió tiempo fuera; los jugadores fueron a la banca y apartó a Emilio, encarándolo le dijo, en el lenguaje llano que acostumbraba: - ¡qué, cabrón, crees que porque volteas a verla no la van a levantar!, ¡acostúmbrate!, le agarrarán las nalgas y mostrará los calzones y lo demás ¡a todo mundo! -. - No es eso - serio contestó Emilio mirando hacia Karina, - es que …, quiero pedirle un favor Entrenador, que no la suban, que lo haga Mary en su lugar, pues aún sin querer pierdo atención -.

Lo cierto es que Emilio estaba preocupado y sobre todo celoso por la forma en que la agarraba el mamón de Mike, en el que no confiaba pues se jactaba en los vestidores ante los jugadores: – mientras ustedes están en la cancha partiéndose el lomo yo ando acariciando a sus novias -, refiriéndose a las integrantes del equipo de porristas, del cual formaba parte.

Unos segundos después, Emilio, sin vacilación alguna, se encaminó a donde estaba la porra; evadiendo los obstáculos alcanzó a Karina quien mostraba los ojos muy abiertos desde cuando se acercaba, temiendo que él hiciera alguna barbaridad, pero lo único que hizo fue abrazarla, levantándola igual a si la arrullara; Ella rápido se le colgó rodeándolo con los brazos por el cuello, no dejaban de mirarse a los ojos mientras la sostenía meciéndola un poco. Con este gesto, Emilio quería decir a los presentes y especialmente al Mike: "¡cabrones, esta mujer es para mí y para nadie más!, ¡para nadie más!". Miró alrededor y algunos reían de su extravagante conducta, Ella se ruborizó, nada le importaba pues ahí definió, "al grito de ¡ya!", lo que significaba y quien era Karina para él; sacudió su espíritu el descubrir, al tenerla esos segundos entre los brazos, que una confianza absoluta lo imbuía, sintiendo, por fin, vencer la timidez que con frecuencia limitaba sus acciones.

La colocó en pie de nuevo, cuidadosamente; sonreían. No hubo palabra. De pronto él tuvo un intenso deseo de llevársela lejos de allí, adonde nadie la viera, a un lugar en el que sólo sus ojos pudieran contemplar su esplendor.

El juego se había detenido unos minutos por otro tiempo fuera y discusiones entre los árbitros. Emilio regresó a la banca y vio al Entrenador, quien había observado atentamente el incidente, mirándolo con una expresión mezcla de enojo, sorpresa o desconcierto, sin ponerle mucha atención fue a donde los demás jugadores a sentarse. En ese momento Leonel habló al líder de la porra, que a él acudió, comentaron y después de terminar se volvió a Emilio haciendo un ademán de fastidio con la mano, farfullando lo que parecían ser maldiciones, pero le indicó que entrase al juego de nuevo, Karina se mantuvo en el piso y ganaron el Campeonato.

> *"Son de otro tus besos,*
> *son de otro tus caricias,*
> *tu cuerpo dulce y suave.*
> *Me duele,*
> *pero en el corazón manda nadie más que el cariño."*

Escribiría, rencoroso y sin motivo, tiempo después. Le daba a Ella su lugar.

Y como no tenerla en mente en esa y muchas otras ocasiones:

"… Si cuando de ti me acuerdo,
mi corazón brinca igual que un niño,
entusiasmado
al revivir en tus colores el sabor del dulce,
salta desde el pecho y vuela a lo alto,
buscando a verte, aunque a lo lejos sea."

Jugadores, la porra, invitados y no invitados y, claro, las principales, las novias de los muchachos, festejaron escandalosamente el triunfo. Casi oscureciendo él fue por Ella, en el carro facilitado por Papá Isaac, para ir juntos al campo, al río, así lo habían acordado por la tarde antes de irse a sus casas. Al llegar, él entró por la sala y bailaron un rato al Son de la música de Jazz en guitarra que Karina adoraba, mirándose a través de los ojos sus emociones; Ella traía puesta una corta falda al vuelo en color negro y blusa guinda con brillos dorados, que en mil colores danzaban sensualmente con la luz al moverse. "¡Dios!, es maravillosamente hermosa", se dijo él.

Fueron a aquel río. "Volteaba a verla de rato en rato mientras yo conducía y ahí estaba, sentada a mi lado esplendiendo esa acariciadora sonrisa tan suya para dármela, despreocupada, pero a la vez llena de curiosidad por a dónde la llevaba, a dónde nos dirigíamos y lo que en un rato sucedería. En mi mente sentía aún su imagen al bailar y el alisar de su cuerpo cuando lo apegaba al mío. Y como si supiera la intensa presión que me embargaba, sonreía, sonreía también para divertirse un poco conmigo, juguetona: - 'mira lo que tengo y no me importa lo veas'-, parecía ir diciéndome Karina, - 'y lo tengas'-, le agregué yo, recordando los pensamientos de cuando recogíamos nueces". Esa noche fueron suyos, nomás suyos, cobijados en la espesura de las sombras.

Al siguiente día, al reunirse, Ella estuvo seria, callada; cierta ausencia en su mirar revelaba temor. "¿Está sorprendida de lo que podemos hacer y sentir o piensa en un posible embarazo?", se preguntó él, creyó era lo primero, pues se acordó cuán envenenados por el placer los puso "muy locos". Y por lo segundo, también sí.

Para distraerla la invitó al cine Reforma a ver viejas películas, de Pedro Armendáriz y Dolores del Río o alguna de los hermanos Marx. En ese cine, ciertos días "reestrenaban" películas olvidadas en las gavetas de la sala de proyección, muy interesantes, pero para poco público y cobraban muy barato, al dos por uno e incluían gratis una bolsa grande de palomitas. Casi de inmediato, después de sentarse, olvidaron el desasosiego que asaltó sus mentes hasta minutos antes, volviendo sin reparo alguno a lo que les era propio. La escasa asistencia les permitía regodearse entre ellos, – dame de beber de tu boca -, pedía él, - sí -, simplemente contestaba Ella, acercando y disponiendo su rostro para que él hiciera lo que quisiera; y se embriagaban con la dulce miel y los jugos que en virtud de los hábiles y por momentos rudos movimientos producían en alud sus bocas, sin importar cuánto el tiempo no conseguían saciarse. Se llenaban con sed de labios igual a si fuesen las aguas rebosantes de un oasis en medio del desierto después de días sin poder beber; - ¿¡Emilio!?, bésame dentro de la boca – rogaba, y se complacían vez tras vez mordiendo y succionándose las lenguas y con éstas y labios recorrían por dentro sus mejillas, surcos, hendiduras y huecos, encías y dientes no se salvaban de su avidez suprema, abriendo grandes las bocas, a más no poder, para facilitarse la entrada de uno en otra y viceversa.

Anocheciendo salieron del cine y pasearon por la plaza del centro del pueblo, caminar dando vueltas sobre el andén de su orilla era costumbre de la gente y fue lo que hicieron. A una cuadra había una nevería, "El Picnic", más tarde se dirigieron hasta allí acomodándose en las sillas metálicas que, junto con las mesas, eran puestas al aire libre en una especie de terracita. Esa noche estaba helado, por lo que él se quitó la chaqueta colocándola en el asiento de Karina para reducirle incomodidad, pues vestía una falda corta de tablones en color azul marino, dejando expuestos a la intemperie del inclemente frio las partes altas de sus resplandecientes y hermosos muslos.

Sin importar lo que él escribiera no lograba expresar plenamente el éxtasis al que lo elevaba la intensidad de verla:

"Cubiertos en tersa seda
esos muslos van ardiendo,
pidiéndole, a grito abierto,
a punto quemar el velo,
caricia fresca a mis dedos."

"No gustábamos del café por lo que, pese a lo frío de la noche, pedimos soda de Coca y nieve de nuez la cual nos sirvieron en un platito de cerámica; la envolvente música de Los Beatles se oía desde la rockola, 'Quiero tomar tu mano'. La luz de la luna bajaba llenando de blancura las oscuridades y los recovecos del lugar y bailaba entre las sombras de los mechones del ondulado cabello de Karina, que le caían irregularmente en la frente y a los lados, vislumbrando en parpadeos la claridad de su bello rostro cada vez que lo movía. Las finas líneas de sus delicadas formas resaltaban mientras Ella veía la cucharita con la que agitaba la bola de nieve sobre el plato. Y yo observándola. ¡Puta madre, donde guardo tanta pinche felicidad!, cavilé; anegados del placer se humedecieron mis ojos y una sensación de profunda paz, bendecida por Dios, sobrevoló el entorno. Al sorber Ella por la pajilla el refresco, un cierto aturdimiento se desencadenó dentro de mí y no dejaba apartara los ojos, ni un segundo, de esos labios cargados de encanto, de placer inmóvil, que me invitaban a tomarlos cómo, cuándo y cuántas veces quisiera. Simplemente no lo creía: Ella enaltecía mi corazón y mis pensamientos, lo que yo tenía y era, y quererla me hacía sentir más hombre, por encima de otros, mejor que otros".

Recitó algunos versos intentando animarla:

> - "Quiero tu cariño,
> pues con el cuerpo no basta, …"-

Empezó así él, sobrado hasta las nubes en su propia estima por haberla hecho suya la noche antes, alegre como nunca. Pero detuvo el habla prontamente, "¡qué equivocación!, insensato me ocupo en pendejadas de macho desbocado sin recapacitar que está verdaderamente asustada", rápido reflexionó, concluyendo: "debo evitar lo tenga presente y ahora riego la manteca, no tengo perdón". Optó por quedarse callado, fijando sus ojos en Ella con mayor afecto que nunca.

Tratando de compensar el exabrupto emocional y demostrarle cuánto de verdad la amaba, la separó con todo y silla de la mesa y se hincó frente a Ella, la rodeó por las caderas con ambos brazos descansando la cabeza en su regazo y, enseguida, Karina lo abrazó recostando su pecho sobre la espalda de Emilio, quien hizo leve contacto en lo alto de sus muslos con la mejilla y Ella tiritó y los apretó al sentir el frio en su piel, él posó ahí sus labios unos minutos alternándolos en un lado y en el otro abriendo espacio entre ellos, meneando su cabeza para poder lograrlo, aspirando, plácidamente, las fragancias de Diosa de su aroma. Enseguida se irguieron sin dejar su posición y con sus manos él tomó y besó las suyas, las palmas y el dorso, cubriéndose la cara con ellas, besándose a través de una rendija que ahí abrieron. Ella separó sus rodillas permitiéndole acomodar el cuerpo en su en medio y acercarlo para disfrutarse mejor.

Transcurrieron los meses y uno de los temores de Emilio comenzó a hacerse realidad, pues se evidenció en Karina, paulatinamente, una creciente necesidad de estar con sus amigas del grupo, diariamente y hasta tarde. "La Banda" les decían, eran chicas liberadas, unas algo envidiosas, otras con cierta malicia. Lorena lideraba, una muchacha veintitantos añera, afecta a la bebida y a la intriga, se rumoraba que se prostituía por gusto. Él no se explicaba por qué muchachas casi adultas, repetidoras de ciclos escolares o egresadas años atrás que ya ni pertenecían a la escuela, participaban en las reuniones; era algo indebido y hasta peligroso, pensaba Emilio, por la posible mala influencia hacia estudiantes jóvenes limpias, física, moral y mentalmente.

- Por regla hacen locuras -, le había prevenido él cuando comenzó a tratarlas.

Se preocupaba, particularmente, porque observó en Karina cierta peculiaridad de su personalidad: era muy influenciable y manipulable, demasiado "buena", podría decirse, con pocos mecanismos de defensa contra algunas situaciones que podrían serle desventajosas y la hacían vulnerable. Incluso ciertos rasgos infantiles en su conducta fueron un aviso, por ejemplo, verla cuando daba saltitos y caminaba en "eses" imitando un juego común en niños mientras lo esperaba en el jardín de su casa. Ella obviamente apreciaba la amistad, pero posiblemente se obstinaba en ese grupo para llenar un sentimiento de pertenencia: esa banda se lo daba. Emilio también estaba celoso, ya que Ella les dedicaba mucho tiempo. Además, temía su alejamiento si él abordaba con persistencia el tema, por esta razón, de algún modo hizo de la vista gorda, aunque anticipaba consecuencias negativas para ambos.

Durante ese tiempo tuvieron una apasionada, ardiente y frecuente relación; dos, tres veces por semana, día con día en ocasiones. Ya nada los detenía, su límite era el tiempo y el espacio, según la hora y el lugar es lo que hacían, pero siempre siguiendo el consejo de Mamá Aurora: - "y si no, cuídala"-. De vez en cuando, ya vestida Ella para irse y él para acompañarla a su casa, después de un encuentro, pedía Emilio: - quédate para querernos un ratito más - y sin dudarlo Karina aceptaba; con todo y ropa y zapatos, quitando él o descubriendo solamente lo indispensable, *"se querían un ratito más"*; la mayoría de las veces se hacía un prolongado rato pues no se "soltaban". Arrugada su vestimenta en la fogosidad del acto, la arreglaban lo mejor que podían y se iban.

"Quisiera ser agua del mar,
¡para acariciarte la piel toda!,
sin pausa ni momento.
Quisiera ser luz de sol
e iluminar tus pensamientos y deseos.
Quisiera ser viento
¡y envolverte en una vez el cuerpo entero! ..."

Del ansia en poseerla escribiría.

Comenzó la temporada de futbol americano; enloquecían todos. Los partidos se jugaban en el Estadio de La Compañía Minera, "El Revolución". Pequeño, pero suficientemente acondicionado, pasto verde y bien cuidado. A los Gerentes de la Compañía les gustaba este deporte y no escatimaban esfuerzos para apoyar al equipo.

Los sábados por la tarde, en verano y parte del otoño, se desarrollaban los juegos. Y Emilio no desaprovechaba la ocasión: "viento caluroso/ horizonte vacío pleno de quietud/ pintado de luz amarilla y roja fugazmente coloreado en pájaros negros unos y cafés y grises otros/ revoloteando arriba y abajo en súbitas pinceladas escandalosas."

Pidió a Karina que no participara en la porra, comentándole de las distracciones suscitadas en él durante aquel juego del Campeonato de Basquetbol. Ella estuvo de acuerdo.

Enfrentaron, ¿a quién más en el partido inaugural?, al equipo "Búfalos" de Verde Valle. Ellos, "Apaches", rápidos, pero con menos peso que sus contrarios, pues éstos contaban con muchos alumnos para seleccionar. El juego transcurrió muy reñido esa tarde. Casi terminando el partido perdían por 3 puntos, faltaban segundos para concluir y Verde Valle tenía a su ofensiva dentro del campo. Había una jugada defensiva que casi siempre le funcionaba a Apaches cuando jugaban contra equipos pesados: la 6-5 *gol line*, diseñada para que un equipo rápido como el de ellos la realizara al estar acorralados cerca de sus diagonales. Emilio, como capitán de la defensiva en la posición de linebacker central, en una acción desesperada, aunque estaban muy lejos de sus propias diagonales, tratando de revertir la inminente derrota, la mandó; sorprendió al equipo contrario al colocar a último momento hasta diez jugadores en la línea frontal: seis penetraban, cuatro en contra bloqueo y uno en la retaguardia reaccionaba a un eventual pase aéreo. Los Búfalos, impotentes e incapaces de ajustar su ofensiva con la prontitud requerida, luego de iniciar la jugada de inmediato tenían Apaches irrumpiendo encima de sus corredores y su pasador por todos lados. Emilio arrebató el balón al full-back rival al recibir éste un terrible golpe del Güero Prietton, ala Apache, güero por el color de piel y Prietton por su apellido, y corrió con toda su Alma a las diagonales contrarias y en bola también los demás, los suyos abriendo camino y los otros a tratar de detenerlo. El público y la banca gritaban enfebrecidos ante la evidente probabilidad de que Río Escondido revirtiera la puntuación y ganara el juego.

"Tomé el balón apretándolo a mí costado y enderecé el cuerpo, comenzando a correr con tanta fuerza que patiné un poco en el césped, miré hacia las diagonales contrarias y fijé en mi cerebro un punto al que debía llegar y a la vez me alejara del grupo. Hacia ahí me dirigí en línea recta, como buen defensivo; no vi nada más, ni a mis compañeros, que sabía estaban a los lados y atrás, ni siquiera sentía el propio movimiento, solamente un leve temblor en las mejillas a cada zancada que daba. El sudor caía por debajo del casco y rodaba hacia mis ojos causándome un ardor casi insoportable, pero aun así los mantuve bien abiertos; 40, 30, 20 yardas para llegar a la meta, era tal la velocidad a la que iba que parecía volar. Imaginé entonces a Karina y sus suaves labios rojos, sonreía, yo le sonreí también y aceleré el paso; faltaban unas 10 yardas para la anotación cuando tropecé conmigo mismo, acabando de panza en el suelo; reboté y tierra y pasto salpicaron mi rostro al deslizarme tallando el terreno con la máscara del casco, luego cayeron sobre mi uno, dos, tres jugadores, un montón después; oí el silbatazo del árbitro y a lo lejos un murmullo, entendí que perdimos y allí me quedé, en silencio, apretado al césped y al balón".

Chicho fue con Emilio pensando que estaba lesionado, se arrodilló a su lado preguntándole – ¿estás bien Mí Hermano, que te pasó? -, él volteó a verlo sin separarse del suelo y, sin saber que explicación dar, contestó – me tacleó mi novia, Karina -, - ¡¿qué?! -, preguntó él otra vez, - ¡me tacleó mi novia, Karina! -; Chicho rio, miró hacia la banca y grita - ¡está bien, pero dice que lo tacleó su novia Karina!, ¿¡qué!? - sin entender aun respondió Leonel, - ¡¡lo tacleó su novia Karina!! -, Chicho más fuerte dijo y todos se carcajearon. Él ayudó a su amigo a levantarse y se encaminaron hacia donde estaban sus compañeros, quienes no paraban de reír. Emilio iba con una media sonrisa, bajando la mirada, un poco apenado, pero no le importaba que hicieran los demás o lo qué pensaran de lo sucedido.

Leonel, quien hacía las veces de Entrenador en los dos deportes, basquetbol y futbol americano, quitándose la gorra y con una expresión de incredulidad, se rascó la cabeza viendo a Emilio, tal vez pensando: "¿es un chiste?, ¡no es posible!, ¡sólo a mí me pasa esto!", e hizo un ademán de enojo con su mano, como acostumbraba cuando nada podía hacer en esas situaciones. Luego del final de la contienda saludaron en fila a los jugadores del otro equipo y se retiraron avanzando juntos, algunos poniendo su mano en el hombro del otro, cual si nada inusual hubiera ocurrido. Después, cuando Emilio se encontraba al Entrenador, éste, en alusión a lo sucedido, simplemente sonreía negando con la cabeza agachada y frunciendo los labios, sabiendo no disponer de estrategias para contrarrestar esas desfavorables e inoportunas "malas jugadas mentales" de sus muchachos.

Algunos luego le cuestionaban a Karina sobre el tropezón de Emilio consigo mismo en esa jugada, debido a su supuesta culpa, pero Ella simplemente les respondía con una broma, – ¡sí!, yo lo tumbé, ¡porqué le hablaba y no me ponía atención!, así, estando en el suelo no le quedó de otra, ¡o me haces caso o te derribo!, le advertí -. Reían Ella y quienes la rodeaban.

- ¡Cabrones!, ¡del campo para afuera son de quienes quieran, pero aquí t-o-o-o-dos ustedes son míos, en cuerpo y Alma! Olvídense de padres, de novias, de tareas, de problemas, ¡de quien sea y lo que sea!, ¡aquí son huérfanos y yo-o-o so-o-o-y su único papa-a-á! -, les gritaba Leonel con un vozarrón que daba miedo, parado sobre una banca en la sala de vestidores. Apuntando al aire con su dedo índice extendido y girándolo en semicírculo por encima de los jugadores les pregunta, en tanto ponía atrás de su oreja una de sus manos aparentando no escuchar bien: - ¿¡para qué!? -, - ¡para ganar! - contestaban en coro, – ¿¡para qué!? - volvía a actuar el Entrenador, - ¡¡para gana-a-a-a-r!! - recalcaban ellos más fuerte.

Emilio recordaba un juego en una inusual tarde muy helada, húmeda y oscurecida por cerradas nubes, en el que por pocos puntos iban adelante. "El otro equipo se mostraba muy enjundioso, estábamos con nuestra defensiva dentro del campo, hacía un frío de la chingada y andábamos exhaustos; enlodados del cabello a los pies apenas veíamos con el lodazal metido hasta por los ojos". Los árbitros, de rato en rato, permitían que los asistentes de cada equipo limpiaran los números en las camisolas de los jugadores con trapos mojados, para poderlos identificar. Casi al final Leonel pidió tiempo fuera, únicamente para que Emilio se acercara a la banca, diciéndole al llegar: - Poeta, los quiero aquí, ¡mírame!, aquí en el campo, allá tú no nos sirves de nada -, señalando hacia las gradas cuando le hablaba, posiblemente recordando los errores de Emilio aquel juego en el que se cayó solo, pues observó que él volteaba insistentemente a un lugar donde, efectivamente, estaba sentada Karina, aplaudiendo y ataviada con sus trencitas de cabello tejidas al frente del rostro, divinamente preciosa. - ¡Mírame! - lo apuraba, golpeando levemente la mascarilla de su casco con la mano para concentrarlo, - sí Entrenador, sí Entrenador -, contestaba Emilio en automático, mientras apoyaban entre sí la mano en sus hombros, él con la izquierda y el Entrenador con la derecha, en un gesto normal cuando Leonel daba indicaciones a sus jugadores de "uno a uno", intentando, de esta manera, mantener la distancia, pero al mismo tiempo la cercanía. Les brindaba este trato con el afán de infundirles confianza o valentía o ambas cosas. En tanto, Emilio movía los pies elevándose sin despegar las puntas del suelo, igual a si trotara en fijo, pues era la forma en que "continuas en el juego", según el Entrenador. No dijeron algo más. Regresó al campo y reunió a la defensiva: - Leonel manda que o ganamos o ganamos, si no el lunes vamos a entrenar con nuestras mamis a las casas y va a formar un equipo de nenitas -, bromeó Emilio. – "¡Vuelve y dile al güey que no podemos ni con nuestra jodida Alma, que le entre a ver si es cierto que jugó una vez con una pata quebrada el mamón! -, rebelde respingó Jorge "El Manotas", linebacker derecho, sin dar muestra de haber captado la intención escondida en el dicho de Emilio, cuyo fin era disipar un poco la tensión del momento. Él se refería a un cuento vertido por Leonel: - "¡una vez jugué y gané con una pata quebrada, cabrones-s-s-s!"-, historia que, a manera de ejemplo, la restregaba al aire en cualquier lugar y a la menor oportunidad para, en su pensar, motivarlos a redoblar el esfuerzo. Muchos dudaban de su veracidad, aunque divertía ¡y le funcionaba! A Jorge le apodaban El Manotas, porque desde niño ayudaba en el taller de su padre, donde cubrían rodillos de acero con bandas de hule y las adherían "a puro apriete de manos", por esta razón se le habían deformado al grado de verse desproporcionadamente grandes en relación al resto de su cuerpo. – ¡Nunca saludes desde lo alto pues tapas la luz del sol! - aludían en tono alegre sus amigos.

Emilio les gritó bajito – ¡olvídenlo! -, buscando enderezar el rumbo al que llevó la chanza con la que empezó las indicaciones continuó: - dice Leonel que hoy desde el cielo alguien por fin descubrirá de qué nos ha hecho; ¡vamos a partirnos la madre aquí y ahora!, estamos nadie más que nosotros y ellos, y no hay mañana camaradas -; - el de arriba nos hizo con el fierro -, dijo El Manotas interrumpiendo otra vez, - ¡cállate baboso! - reviró Emanuel, y rieron todos. Emilio, aun riendo, terminó: - cerramos la defensiva y a presionar a todo lo que demos con la 55 Águila Fuego, ¡listos! -, - ¡¡h-a-t!! - al unísono respondió el grupo y dieron un palmeo en señal de acuerdo.

"Nos acomodamos en la línea de golpeo siguiéndonos lado a lado con el mismo paso, firmes, disciplinados, decididos, mirando directo a los ojos al oponente tan pronto llegase al frente - y así él crea que lo vas a atacar - nos decía Leonel, - luego cambia el objetivo o en ocasiones no y así lograrás un doble engaño -. Observé la formación de su ofensiva y canté unos cambios, su quarterback gritó los tiempos y le centraron el balón. Un silencio implacable y fugaz precedía a la explosión del movimiento inmisericorde y feroz de todos los jugadores, aparentemente desordenado, pero en realidad el de cada uno de nosotros con un propósito específico; en unos segundos, gotas de sudor, pedazos de lodo y pasto saltaban enturbiando el aire. Durante el desarrollo de la jugada miré alrededor a mis compañeros y pasaban como imágenes en cámara lenta. Vi entonces los efectos que habían tenido las palabras de Leonel: sin excepción alguna mostraban una determinación y corazón de lucha increíbles para cumplir con la misión encomendada ¡y éramos unos jóvenes!; ¡que Dios se apiade de quienes alguna vez en la vida nos confronten!".

"Me desplacé hacia nuestro flanco izquierdo para penetrar en su territorio y choqué en la línea de golpeo con el que iba en bloqueo de trampa, tomando posición sin separarme de él y sin perder de vista a su corredor avanzando detrás, conforme a la técnica defensiva 50 de Houston que el Entrenador nos había enseñado: - no pierdas a tu hombre, contrólalo sin dejar de ver para dónde va la jugada y, en el momento justo, deshazte de él y ve sobre quien traiga el balón o aviéntalo contra su compañero, así no lo dejarás hacer su trabajo y haces el tuyo -. Levanté mi cabeza lo más que podía y vi al corredor tratando de ir por fuera; para visualizar mejor el panorama, con la careta de mi casco desplacé la cabeza del bloqueador y con mis brazos y cuerpo al suyo para fortalecer mi punto defensivo, moviéndonos trenzados hacia el lado izquierdo de nuestro campo. Sentí el golpe de su corredor al impactar sobre la espalda de su propio hombre, que yo sostenía, inevitablemente para él pues no pudo encontrar un hueco; alcé los brazos por encima soltando al primero, quien no dejaba de empujarme, y sujeté al que llevaba el balón, aunque se retorció intentando liberarse, no lo logró. Finalmente, este juego se circunscribe a la lucha de dos hombres por un tercero: uno por abrazarlo y el otro para evitar lo haga. - ¡Abrázalo fuerte cabro-o-ó-n!, ¡como si fuera tu novia-a-a! -, en ese instante el grito de Leonel parecía provenir desde el campo de entrenamiento cuando veía que el corredor se nos escapaba en una juagada. Lo agarré como pude, con uñas, manos, brazos y dientes, alzándome en las puntas de los pies para contrarrestar el embiste de ambos y a la vez evitar me doblegaran. Entonces, abruptamente, cayeron sobre nosotros estrellándose con fuerza huracanada una turba de jugadores, rivales y propios, echándonos del campo y lanzándonos todos juntos sobre la banca. Impactamos ruidosamente tumbando a los que ahí estaban: Entrenador, asistentes, jugadores, muchachas auxiliares, cadeneros, mirones y uno que otro fotógrafo, quedando una mezcla informe, apelmazada y enroscada de cuerpos tirados bullendo entre quejidos multiplicados por aquí y por allá. Sin importar a que equipo pertenecíamos o quienes fuesen, terminamos abrazados, como amigos, en ese lugar y en ese momento, desperdigados por el terreno y ayudándonos unos a otros a levantar, tratando de separarnos del apretujado tumulto, apoyando las manos en el de al lado o a gatas. Aunque unos disimularon con enojos ese viento de hermandad que ahí se generaba, gritando y dando manotazos, la realidad de la escena hablaba por sí misma. En unos segundos como podíamos estábamos de pie y listos de nuevo. Terminado el juego, invariablemente, fuese cual fuese el resultado, rematábamos inmersos en ese sentimiento generalizado de que habíamos probado 'al de arriba' de lo que nos había hecho: en dos filas encontradas saludamos fraternalmente y con respeto a los jugadores del otro equipo y ellos nos correspondieron igual: ¡de puro pinche cariño nos había forjado!".

"Después de un rato me dolió la espalda y la noté enrojecida, pensé que fue El Demonio quien me había topado, nuestro defensivo profundo, un jugador rápido y golpeador extraordinario, quien, al fijar su objetivo, se dejaba ir desde su posición a gran velocidad sobre el bulto de jugadores en movimiento, 'igual a un Demonio'. Ponía unos chingadazos sin detenerse a ver a quienes tundía, simplemente cargaba con todos. Después de los juegos le decíamos en broma: - felicidades cabrón, que fuerte golpeas, ¡pero a tus amigos hijo de tu pinche madre! -. Poco creíble, contestaba: - ¡no dejan espacio de golpeo, pendejos, están muy anchos de espaldas! -, lo cual no era verdad; hasta pensábamos que lo hacía a propósito. Nos dejaba llenos de moretones; a pesar de esto, su contribución era invaluable para el equipo, - ¡ni una yarda, aunque se enojen, perros! -, decía él".

Pero en el presente, esa tarde, se encontraba su destino: congelados, ganando por pocos puntos, escasos minutos restantes y jugando su defensiva. Para acabar de empeorar la situación, las camisolas que vestían por error de fábrica las habían entregado en tallas más pequeñas y no hubo manera de cambiarlas antes del partido, por lo que cortaron las mangas a lo largo para poder usarlas y éstas flotaban, quedando al descubierto los lados del pecho hasta los hombros. Parecían estar mal disfrazados de niños grandes. Y lo peor sobre lo peor: comenzó a caer la pertinaz lluvia otra vez, haciendo crecer charcos en lo que al principio del juego fue pasto parejo y tierra apenas húmeda. Bañados tiritaban al reunirse al centro entre jugada y jugada, acercándose como el caminar de viejitos, un pie pidiéndole permiso al otro para avanzar, pues trataban de no pisarse y sufrir más dolencias, luego, lado con lado, se apretaban buscando mitigar un poco los efectos del helado viento. Emilio miraba hacia abajo y veía su pantalonera, medias y tachones embebidos de lodo aguado, los zapatos de juego eran casi huaraches deshilachados, "¡y no podíamos ni abrazarnos pues el aire se nos colaba por las axilas si lo intentábamos!", se diría él pasada la contienda. Llevaban entonces las manos adelante al mismo tiempo tocándose y palmeando unos con otros imaginando que las tenían sobre una hoguera, – ¡se siente el calor, se siente el calor! - afirmaba El Gorila cerrando los ojos y bandeando la cabeza, simulando era verdad, mientras El Demonio, el más flaco y entumido, pedía: - ¡espérense hasta que tomen posición ellos! - y quietos se quedaron otros segundos, arrejuntados y tembeleques. Hubo un instante de crisis al interior de Emilio en que pensó: "¡qué chingaos estoy haciendo aquí y no en casa, saboreando en la calidez de la cocina de Mamá Aurora una taza de chocolate caliente y garapiñados de nuez con miel!"; pero mirando los rostros de sus amigos se respondió: "¡por culpa de estos marranos!".

Esa tarde detuvieron los embates contrarios cuantas veces fue necesario, mantuvieron el marcador a su favor hasta el final del partido y ganaron.

- ¡Sierra Blanca!, ¡Sierra Blanca! -, cada que podían gritaban así viéndose unos a otros señalando con la mano hacia la serranía, para alentarse durante el transcurso de los partidos. Recordaban de esta forma un antiguo pasaje histórico contado por Los Viejos del pueblo, narraban que unos Indios Apaches, ahora viviendo en la cercana y casi siempre nevada Sierra Blanca, lucharon valiente e incansablemente venciendo la opresión a la que eran sometidos por los conquistadores españoles. Aunque fueron relegados a esas congelantes tierras, permanecieron íntegros en tribu.

"Era buen motivador el pinche Greco. Nos insistía: - cuida al hombre que tienes enfrente, no es tu enemigo, es tu amigo, ¡pero lo tienes que dominar!, inteligencia, fuerza y control, no barbarie -. Nunca siquiera insinuó que dañáramos intencionalmente a alguno de los jugadores rivales o que usáramos el casco de arma para atacar, - ¡¡la cabeza es para pensar, los hombros para golpear y el corazón para ganar!! - tronante recitaba Leonel, dándose tres veces con el puño en cada una de las partes de su cuerpo que aludía y nos hacía repetirlo a gritos en los vestidores y en el campo de entrenamiento".

"El instinto de propia conservación desaparecía adoptando uno de protección común. ¿Tenía yo miedo?, sí; y no era temor a los golpes pues luego del primero todos son iguales; y el hormigueo en el bajo vientre que suele sentirse poco antes de salir al campo de juego, decía el Entrenador que con mear desaparecía, era verdad;

tampoco temía a él que, si fallábamos, gritaba un rato pero no pasaba de ahí, aunque nos ponía a trabajar muy duro en los entrenamientos para corregir nuestros errores; vaya, ni siquiera a sentirme mal por Karina, aunque yo sabía que su gran satisfacción era la victoria y ésta hacía esponjarme un poco ante Ella. La verdad, era miedo a hacer menos de lo que los muchachos, mis amigos, esperaban de mí, el esfuerzo que ellos siempre prodigaban yo lo debía denodadamente imitar y superar si fuera posible. Y así al cuidarlos yo cuidarme. Solía sorprenderme de lo mucho que podía ser capaz influido por estas emociones, hasta veía pequeños a los adversarios, aunque estuvieran grandes. Después de cada juego, en el festejo, cantábamos sobre nuestras heridas; sin embargo, cuando ganábamos, a diferencia de en la derrota, los dolores causados en la refriega sabían a placenteros. - ¡Honor en la victoria y gracia en la derrota! - sentenciaba Leonel".

"Una ocasión, años antes, dije a Mamá Aurora, con un tinte de orgullo, lo nuevo que había aprendido en el entrenamiento: - ¡mamá!, ¡la cabeza es para pensar, los hombros para golpear y el corazón para gana-a-ar! -; y me contestó: - la cabeza es para pensar en tu madre, los hombros para ayudarme en el quehacer y el corazón para querernos -. Ahí acabó ese orgullo y comenzó otro".

Creo el Entrenador tenía una habilidad natural para orientarlos a agruparse alrededor de aquellos sentimientos, de tal modo que se generarían pasión y fraternidad y así no les quedara de otra a sus jugadores: dar el cien por ciento para triunfar.

Aquél era el típico discurso de Leonel en los entrenamientos, "… olvídense de todo y de todos …". Obviamente el equipo no le hacía gran caso, al menos Emilio no: comía, dormía, jugaba, entrenaba, se bañaba, con Karina siempre en su mente. - Pueden más un par de tetas que un par de cejas -, se decían entre ellos, insolentes, pero divirtiéndose, al comparar la fuerza motivadora de sus chicas contra las peludas cejas del Greco.

"Destello de tus labios rojos,
llenos,
tiernos,
compasivos hacía mí
ansia
de tener tu sonrisa …"

Escribió sobre verla a lo lejos sentadita en las gradas del Estadio.

"Una noche, recordando con Ella mi caída en aquel juego contra Búfalos, refirió: - es lo mismo contigo, voy a volver al equipo de porristas, como sea te distraigo -. Le regresé: - puedo hacer el amor contigo sin tocarte -, y reímos juntos sin parar por un buen rato".

"Vino a mi lo que dijo el Entrenador en la final de basquetbol. Muchos veían y quizá pretendieran a Karina, aunque yo era su novio y me amaba. Le di vueltas un rato a esta idea, pero, en fin, lo que tenga que ser será. Además, confiaba a ciegas en Ella, pues no vislumbraba razón en contrario y mi profundo amor me lo decía a diario".

Cada sábado, después de los juegos, celebraban con música, cantos, baile y comida, en un solar abandonado situado frente a la Preparatoria; una acequia corría por la falda de la loma y regaba profusamente con dulce agua los enormes nogales que allí había, gracias a ello crecían muy cerrados, entrelazando su follaje en las alturas formando verdes y fabulosas cúpulas abovedadas que cubrían la luz del sol y llenaban de frescura el ambiente. Lo mantenían limpio trabajando todos. Se apropiaban de ese lugar con el entusiasmo de simplemente estar juntos, a veces en la derrota y casi siempre en la victoria; - ganemos o perdamos las cervezas saben igual - comentaba El Gorila, guardia ofensivo del equipo, quien ayudaba a Emilio a preparar la comida en cada evento. Compraban carne de res cortada en chuletas sazonándola con sal, ajo y una mezcla de condimentos de Mamá Aurora; de guarnición se procuraban frijoles cocidos en una enorme olla de barro, papas y cebollas asadas enteras, verduras, tortillas, la imprescindible salsa de tomate con chile del monte y manzanas.

La mayoría de los recursos venían de la Compañía Minera a través de Elías, buen amigo, poseedor de una enorme nariz e hijo del Gerente. Elías era el centro ofensivo, y le apodaban, por tener esa narizota, "El Francés", de baja estatura, pero al golpear era muy rápido y se crecía cómo ninguno. Compensando su poco peso, al bloquear terminaba medio enredado entre las piernas de los adversarios, parecido a un luchador inmovilizando a otro, logrando avanzara nuestro corredor. Su padre le advertía, al darle el dinero para abastecer al grupo: - no es para comprar cerveza -.

Para evitarse represiones y seguir con la ayuda económica, los muchachos conseguían cerveza aportando cada uno, por santa voluntad, lo que podía, creyendo que así nadie se percataría que consumían alcohol. A final de cuentas, el que se enteraran a ellos no les preocupaba demasiado, pues creían que se "portaban bien".

Karina era mejor para cocinar y darle buen sabor a lo que comían, experta los dirigía en lo concerniente. Cuando andaban cortos de dinero, guisaban, en un enorme cazo de acero, cortadillo de res y de cordero o de ternera en cuadros grandes y abundantes salchichas para hacerlo rendir, con ajo, cebolla, tomate y chile verde, acompañados con tortillas de harina delgaditas. A falta de platos rodeaban el cazo por turnos y se servía cada uno tortilla en mano o como pudieran, a veces a cuchara pelona. Si no había de otra, asaban pollos sujetos a una parrilla, "toreándolos" por ambos lados sobre las brasas, colgados de ganchos. Como complemento asaban papas y cebollas, pan de caja o tortillas de maíz que habían quedado rezagados en la tiendita de Doña Nicanora. Don Camilo, su esposo, cuando iban a comprarles, no paraba de "echarles porras" mientras les llenaba los brazos con dulces, frituras y pan: - ¡nunca se rindan!, ¡jamás se rindan! - gritaba, dando traspiés al hacerlo, pues le era difícil moverse y parecía iba a caer, por lo que movía su bastón intentando apoyarlo en algún punto en el aire que nada más él veía; entre uno o dos de los más cercanos lo capoteaban evitando acabara tirado en el suelo. No comprendían muy bien sus palabras, pero sin duda era el ferviente deseo de ese buen Viejón ayudar a los jóvenes de su pueblo antes de irse de este mundo, en la única forma que podía: ser espléndidamente generoso. Doña Nicanora lo veía algo enojada por las "pérdidas", aunque nunca vieron lo recriminara.

Los muchachos a veces bromeaban, sin que los ancianos se dieran cuenta: - ¡Don Camilo!, ¡nunca se rinda!, ¡jamás se rinda! -, pues sabido era entre la gente que Doña Nicanora lo mandaba cuándo y cómo quería. Posiblemente esos minutos en que los jugadores estaban en la tienda eran liberadores para él, - le valía pura madre -, divertidos los chicos comentaban entre ellos de Don Camilo.

> *"Blanca,*
> *blanca es la cabellera,*
> *que enredará en sentimiento,*
> *al hambre que siempre tengo*
> *tus ojos azules ver."*

Escribió Emilio de Doña Nicanora ya siendo mayor, pues de niño al regresar de jugar beisbol los sábados en *"aquellos mediodías de invierno picosos de sol y llenos de luz brillosa"*, paraba allí, "y cuando las tripas más me gruñían, lo cual no sé si las oía o había una habilidad especial en ella para reconocer cuando yo tenía mucha hambre", le regalaba ricas galletas en figuras de animalitos, que guardaba en un recipiente de vidrio aparte de las que tenía para vender, y le sabían a gloria, además un refresco de soda servido en un conito de papel encerado. También a todos los niños y niñas que se acercaban ese día pues andaban "en bola". Antes de que tocaran las galletas ella les pedía que se lavaran las manos en la pileta de cemento que había a la entrada de su casa, donde los chiquillos aprovechaban para arrojarse agua a la cara entre ellos. Terminaban riendo y jugueteando sentados al borde de la banqueta, bajo la sombra de un gran eucalipto, comiendo galletas. "Mi Tiendita" dio de nombre al lugar, - pues es solamente mía - decía Doña Nicanora. Y así era, de ella y de nadie más.

Doña Nicanora hacía las veces de curandera del pueblo. Sus barridas con un huevo y piedras de alumbre, sacudiendo las ramas de algún arbusto sobre el cuerpo de quien iba a "sanar", eran legendarias en la región y remedio socorrido para todo tipo de aflicciones. Colocaba al "enfermo" de pie con las piernas abiertas sobre el humo que despedía un brasero donde se quemaban incienso y hierbas. Mamá

Aurora llevó a Emilio cuando pequeño, estuvo parado donde Doña Nicanora le indicó y percibió un aroma sumamente agradable; en tanto ella rezaba en voz baja desplazando en una mano el "cataplasma" sobre su cuerpo, con la otra azotaba suavemente el follaje de "gobernadora", una zarza de hojas pequeñas y grisáceas muy común en el desierto, de arriba abajo y se regresaba, diciendo – Espíritu de Emilio vente no te vayas -, a lo que él respondía, tal como ella le pidió hiciera, – ahí voy -. Después usó un huevo de gallo-gallina para sobarle en la piel y la ropa, que al final dio a Mamá Aurora con la instrucción de romperlo y enterrarlo en un pocito alejado de la casa. - Pero no dejes de darle su melecina -, terminaba "recetando" Doña Nicanora, de seguro para amarrar su "magia". Él no recuerda de que estaba enfermo en ese entonces, pero sintió alivio, cierta calma quedó dentro de su cabeza, alejando cualquier perturbación emocional o preocupación. - No cura, pero con tantos golpes y untadas distrae a la enfermedad -, afirmaba poniéndose serio Don Camilo, aunque en tono jocoso, refiriéndose a esa habilidad de su esposa.

Ella tuvo tres hijos con Don Camilo. Una trágica noche murieron los tres en un accidente de mina, noche que jamás se olvidará en el pueblo. El funeral fue en su casa, al que de niño Emilio acudió con su madre. Doña Nicanora estaba conmocionada, completamente evadida de sí misma, con la vista perdida frotaba insistentemente con sus manos cuadros de imágenes de Santos y un Cristo de madera, que sostenía amontonados encima de su regazo. Con un movimiento rápido, sorprendiendo a todos, Don Camilo se los arrebató azotándolos contra el piso y saltando grotescamente sobre ellos los pateó repetidamente, rompiéndolos con furia; arrancó a manotazos los que todavía estaban colocados en la pared mientras gritaba: - ¡no hay!, ¡no hay!, ¡no hay! -, refiriéndose a que ni Dios ni los Santos existían, tal vez culpándolos por la pérdida de sus amados hijos y de su sufrimiento. Doña Nicanora, casi enseguida, se arrojó al suelo a recogerlos tratando torpemente de recomponerlos, mientras las señoras de su alrededor, al darse cuenta, interrumpieron los rezos y escandalizadas lo persiguieron intentando sujetarlo, pero él continuaba rompiéndolos desenfrenado, con un vigor inusitado para su edad; tomaba con sus manos los cuadros y los trozos de vidrio golpeándolos hasta hacerlos añicos, sin importarle herirse; los ojos los tenía rojos, el rostro sudoroso y mucosidades de la nariz y saliva espumosa de su boca fluían. Las mujeres, para detenerlo, lanzando alaridos se abalanzaron abrazando a Don Camilo y lo terminaron tumbando, montándose sobre él, quien, a gatas, se movía zarandeando a las que tenía encima de su espalda, quienes saltaban y caían o aferradas se le colgaban y algunas mostraban la ropa interior sin tener vergüenza, concentradas en su empeño, viéndose como cuando están jineteando un caballo bronco. Era una escena espantosa y aterradora, mayormente para un niño.

El encargado de la funeraria interrumpió la dramática escena sonando fuertemente una campana de bronce, anunciando tenían que irse a la iglesia pues ya era hora de la misa previa al entierro. Doña Nicanora fue alzada en vilo entre dos de los vecinos sentándola en una vieja silla de ruedas. Ella, con la cabeza gacha y el rostro cubierto de tierra gris humedecida con sus humores, emitía continuos gemidos apenas audibles mientras avanzaba empujada por su esposo tras la lenta carroza que llevaba a sus tres hijos muertos; aprisionaba entre sus dedos, con celo, trozos del Cristo de madera y algunos pedazos de papel con imágenes de los Santos, ya sin marcos ni vidrios. Don Camilo traía unos trapos a modo de vendajes cubriendo sus manos sangrantes y se le veía sereno, pero con la mirada perdida y tristísima. La gente del pueblo, en acompasado desfile, caminaba anegada en un mar de lágrimas, inmersa en masivos gritos de dolor, incluido Emilio, que les seguía sollozante y temeroso, sujetando apretadamente con ambas manitas la de Mamá Aurora, sin duda contagiado por ella que en aullidos lloraba con gran fuerza.

Desde entonces, una ley no escrita impide ingresar al mismo turno de trabajo o a la misma zona de riesgo de la Mina a familiares directos. Después colocaron una placa en lo alto de la entrada a La Planta en honor a los tres hermanos, Juan, Fernando y Tito, donde se leía:

<h2 style="text-align:center">¡SIEMPRE VIVIRÁN!</h2>

Algunos pensaban que esto guardaba cierta ironía funesta hacia los Mineros que por abajo de ahí pasaban. Pero esas palabras encierran una gran verdad: pase lo que pase, siempre vivirán.

Doña Nicanora jamás dejó de usar ropajes de color negro.

- ¡¡Nicanora!!, … ¡los niños!, … ¡perdieron a sus mamás! -, le gritaba Don Camilo a su esposa cuando veía a los niños a lo lejos acercarse a su tiendita, casi siempre desde el rumbo del llano al regresar de jugar. A lo mejor, sí, a ella le placía pareciera eran todos ellos sus hijos, a falta de los propios.

Una niña resaltaba en la escuela Primaria en la que Emilio cursó estudios, se llamaba Hola, nombre que sus Padres le habían puesto con algún extravagante sentido, ya que a su hermano le llamaron Querido, que a él le apenaba pues era motivo de burla para los demás compañeros, quienes le gritaban - ¡hola Querido! - al verlo llegar, apresurándolo a correr y esconderse para que no se enteraran que a él se referían. Los niños renombraron a Hola, Ola, quitando la "H", pues era gordita y tenía por costumbre, al acercarse a alguno de los demás, balancear su cuerpo y levantar las manos como amenazando a abalanzarse para dar un gran "abrazo de ola al caer":

Fue el primer verso que Emilio escribió, a los 9 años, empatando estribillos que leyó en el libro escolar del tercer grado e inspirado en el bello comportamiento de Holita.

Generalmente, después de los juegos, Emilio y El Gorila se encargaban de la gran comilona bajo la dirección de Karina.

Aunque Emilio no se quedaba tan atrás, de Mamá Aurora había aprendido "a hacer con piedras una comida deliciosa", según Papá Isaac comentaba sobre el ingenio que su esposa poseía en el arte culinario, pues con lo que hubiera en la alacena preparaba apetitosas cenas.

Las veladas en el solar eran muy divertidas. Ponían a tocar música en un destartalado tocadiscos que pedían prestado al Entrenador, cantaban melodías típicas, abrazados o sentados en círculos, bailaban en grupos o cada Ese con su novia al lado. E, implícito, era parte del entretenimiento el inevitable coqueteo entre alumnas y alumnos, que normalmente no llegaba más allá de abrazos y besos discretos, en ese lugar nadie se excedía.

"Siempre ya un poco borracho, y sin que nadie lo esperara (aunque lo hacía en cada reunión), Emanuel, Mí Hermano, tacle defensivo, a quien apodábamos Chicho pues así le decían a su padre de nombre Narciso, habitualmente muy serio se transformaba con la música de un disco que él mismo llevaba y se ponía a bailar. Antes de comenzar asumía cierta postura erguida, cuál si estuviera poseído de algún designio superior, lanzándose a buscar camino por entre los compañeros saltaba al centro del patio y, ladeando la cabeza rítmicamente a la derecha e izquierda, zapateaba unos segundos a modo de inicio, esperando, claro, la bienvenida de su público con aplausos, chasquidos y gritos. Desde aquellos días Chicho era todo un artista, aunque solamente cuando bebía cerveza y en los vestidores previo a los juegos porque Leonel se lo ordenaba. Bailaba con intensidad, moviendo los pies rápido iba y venía sobre el polvoriento suelo danzando 'lo que Mis Viejos me enseñaron', dijo alguna vez refiriéndose a sus padres. Nos apartábamos para verlo y darle espacio, pues desplegaba soltura y fuerza; invitándonos a participar extendía las manos hacia nosotros y lo acompañábamos entrelazados, los amigos y amigas, en un largo abrazo desde los suyos, compartiendo su alcoholizada y alegre fiesta. No llenaba y no nos quedaba otra que alternarnos hasta que él, mucho después, terminaba bailando solo. Sudoroso y agotado se echaba a dormir sobre una larga mesa de madera. En su conducta era medio güey para el sentido común, equivocadamente, pues su carácter dócil y mesurado es lo que lo hacía ver un poco torpe, pero era extremadamente inteligente, año con año fue primer lugar en calificaciones. Sinceramente, todos lo apreciábamos".

Casi al terminar el sexto grado de Primaria Emilio observó a su amigo Chicho en una situación sumamente perturbadora. Una tarde lo encontró tirado boca abajo en plena plaza, pegado al piso cubría su rostro a los lados con las palmas de las manos, como queriendo ocultarse bajo el suelo; algunos niños lo rodeaban y aparentemente no sabían que hacer mirándose unos a otros, él se acercó y su amigo estaba llorando incontrolable. – ¿H-e-y Chicho? – dijo Emilio el saludo acostumbrado, pero él siguió chillando sin moverse. Se hincó a su lado en una rodilla y vio alrededor buscando algo qué hubiese provocado el sufrir de su Hermano, pero lo único fue que los demás niños se retiraron. Un rato después volvió a preguntarle, directamente, ya intrigado, - "¿t-e golpearon Chicho?" -, él se silenció un rato y de improviso contestó, sin dejar su posición: - ¡me esfuerzo!, ¡pero no puedo papá!, ¡me esfuerzo!, ¡pero no puedo papá!, ... -, repitiendo estas palabras entre espasmódicos bus de llanto. Puede ser que se refiriera a tocar el violín o a bailar y su padre lo presionaba o agredía por no satisfacer sus expectativas. Así se quedaron hasta oscurecer. Emilio prefirió irse y dejar que su amigo, sin espectadores, quizá tranquilo ya estando solo, se levantara; caminó a su casa desconcertado por lo que vio y nunca después oyó a su amigo hiciera mención a ese hecho o lo aclarara. Chicho era, sin duda, muy inteligente, pero sensible a frustraciones como las que Emilio intuyó él tenía en la relación con sus papás.

Pocos minutos antes de los partidos de futbol americano tenían un ritual, estando en los vestidores y ya equipados Leonel ordenaba: - ¡Emanuel!, ven al centro y baila - y se retiraba dejándolos en el recinto, no sin antes corroborar que Chicho comenzara a cumplir su indicación. Un tanto indeciso al principio, debido a su habitual retraimiento, él obedecía, con música de Cumbias o Rancheras del tocadiscos que el Entrenador ponía a manera de ambientación "para que se relajaran". Todos las tarareaban y hasta unos le seguían el paso bailando por sin ningún lado; Edmundo, en el jugueteo de cada semana, en tanto caminaba afeminadamente frente a Sim invitándolo a bailar, quien sentado e indiferente muy serio lo veía, decía con voz atiplada – abrázame Sim, como si fuera tu novia-a-a, ¡ya nos dio permiso Leo-o-o-n-e-e-l! -, los demás se carcajeaban sin parar con la comedia; ambos eran tacles ofensivos. O bien Chicho hacía la "Danza del Indio", que le salía muy original. Pero invariablemente terminaba danzando "lo que mis Viejos me enseñaron". En un amplio redondel sus compañeros emocionados lo alentaban a chiflidos y gritos, golpeando ruidosamente con las manos las tablas en sus fundas y zapateando el piso, semejando un "cante jondo", casi sagrado, en forma de porra de apertura, acompasándolo con un sonsonete rítmico: ¡trrututum ta tum, trrututum ta tum!, por medio de palmeos combinados sobre los muslos cada uno.

"Y ahí estaba Mí Hermano, nuestro Hermano, al frente del Auditorio, imbuido en una especie de trance cerraba los ojos voleando la cabeza a un lado, para ordenarle al Espíritu de la Alegría comenzar a expresar su íntima pasión: ejecutaba entonces la danza más extraordinaria que persona alguna hubiese visto jamás, moviéndose como *pintando con su cuerpo el aire y con los pies el suelo*, en algún momento todos callábamos y quedábamos sosegados, de pie, sin hacer nada más, mirándolo, hipnotizados o algo parecido, donde todo lo demás era nada, oscuridad, resaltando su figura fulgurante al desplazarse y de fondo el sonido provocado por las puntas de sus tachones impactando melódicamente contra el duro cemento". Cuando iban a su casa, Don Chicho, el padre, tocaba el violín mientras él bailaba; música incomprensible para los muchachos pues no era común en el pueblo. Emanuel, con los años, se convirtió en un gran violinista de concierto.

Alegraban así sus corazones antes de partir a luchar.

Interrumpiendo la algarabía, el Entrenador regresaba y los apuraba con dos silbatazos a terminar de prepararse para entrar al campo de juego, diciendo con mucha calma y seguridad: - ya nos divertimos, ahora vamos a ganar -. Lo rodeaba el equipo y a su señal el grito de combate resonaba: - ¡Apaches! ..., ¡¡Apaches!! ..., ¡¡¡Apaches!!! - y levantaban las manos abiertas y luego empuñándolas igual a si pretendieran atrapar el cielo después de cada vez que lo decían.

"Bajo ensordecedores alaridos provenientes de las gradas entrábamos al Estadio por el gran portón, íbamos en montón, igual a una tribu cuando va a la guerra; en una vuelta silenciosa recorríamos la pista alrededor del campo, apretujados, revueltos, serios, con la mirada firme al frente trotando despacio, generándose una confianza inmensa dentro de mí, olvidando que pronto estaríamos en una confrontación, sentimiento que se respiraba mezclado con el agradable aroma a polvo y césped mojados. Siempre he pensado que este es el olor de la victoria, pues ya era por el simple hecho de ser cada uno de todos y todos de cada uno. – ¡Apaches! -, gritaba yo para reunirlos al llegar a la banca, - ¡¡¡Apaches!!! -, respondían mis amigos en un tronido grave y hondo que parecía provenir desde el mismo infinito, retumbando en ecos interminables hasta el centro de la Tierra para luego escucharse por siempre en el campo de juego".

"En aquel entonces teníamos una camaradería especial, esa que solamente siendo jóvenes podemos ver y entender, dábamos por sentadas las cosas entre nosotros y el trato que desplegábamos tenía un cierto desparpajo lleno de cordialidad, de disipación, de displicente complicidad velada, de frescura, de alegría, de confianza, de entereza, de plenitud anhelante vehemente y eterna, sin pedimento ni requisito para dar y recibir; - como Walrranes - decía Chicho, sin explicarnos su significado".

Después de los festejos, a las doce de la noche a más tardar, hacían la ruta de llevar a las chicas a sus casas y evitarles algún regaño de sus padres. Acabando la entrega regresaban al baldío a pasar otro rato, pero sin emborracharse pues no era bien visto por la gente del pueblo, - además no lo necesitamos - decían. – Con una cerveza reímos, con dos cantamos y con la tercera lloramos, basta y sobra para ir a dormir tranquilamente -, comentaba inteligentemente Elías, posiblemente urgido por las limitantes que su Padre le imponía y, a la vez, alentar a sus compañeros a no consumir más bironga de la debida, pues él era parco para tomar. - Yo bebo respirando el rebosamiento de ustedes y es suficiente ¡güeyes! -, continuaba diciendo El Francés, para apagar algún reclamo o justificar su casi abstinencia; tal vez se refería a las humedades producto de tristezas o alegrías que denotaban los ojos de sus amigos estando ya medio borrachos. Contadas veces llegaron a embriagarse y cuando ocurría iban a zambullirse antes de llegar a sus casas al "Charco San Pedro", un manantial permanente de aguas poco profundas que se formaba en un remanso del río. Así disipaban la turbiedad provocada por el alcohol.

En una que otra velada acudían al campo de juego, prendían las luces, se descalzaban y se ponían a corretear tras las muchachas o a oscuras se quedaban acostados sobre la cama de pasto, cada uno abrazado a su novia. Viendo las estrellas y la luna platicaban flotando dentro de una burbuja rellena de paz y tranquilidad, en la que permanecían por horas.

¡Al cielo!, ¡al cielo!
Vuelan las hojas cenizas en otoño
y se elevan en pájaros entrelazados
bebiendo en las nubes aguas de colores.
¡Al cielo!, ¡al cielo!

¡Del cielo!, ¡del cielo!
Vuelven los pájaros entrelazados
en verdes hojas de primavera
pintando nuevas ilusiones.
¡Del cielo!, ¡del cielo!

En primavera hojas enramadas en los nogales de aquél solar crecían entretejidas en las alturas y en otoño volaban como pájaros migrantes, viajando por el horizonte en parvadas, uno al lado del otro, sin importar a donde, pero siempre juntos se iban y siempre juntos regresaban.

Con copas de vino entre pecho y espalda, en una sincera conversación con su amigo Isacar, ocurrida después del encuentro con la chica en la Factoría, le dijo: - Isa, ahora nos agrupamos en comunas y conjuntos de casas y conocemos los nombres de las personas para saber de quienes nos vamos a aislar, a quienes vamos a abandonar algún día; en aquella etapa de nuestras vidas sentíamos que el tiempo y el espacio que nos rodeaban eran inmutables, eternamente cercanos -. - Puede ser solamente un sentimiento - contestó Isa, matizando el tema o evitándolo, - tarde o temprano la gente se va o cambia su forma de vivir -.

Sí él tenía razón sería difícil saberlo, pero como sea Emilio trataba fervientemente de encontrar lo que más extrañaba de aquellos días: "… Risas y abrazos; sí, risas suaves, cortas, igual a gotas de lluvia cayendo de una en una o en torrentes por aquí y por allá. Y abrazos; abrazos leves, cual decir – aquí estoy - sin vernos, apenas apoyando la mano en un hombro o fuertes y prolongados hasta casi destriparnos, entre los amigos y amigas, con o sin provocación, sin importarnos fechas especiales o razones para hacerlo, fácilmente y sin recelo, como si supiéramos era lo único y último que algún día recordaríamos". Y así alimentó Emilio sus recuerdos.

"Karina, ¿dónde está tu voz?, ¿dónde tú risa?, ¿dónde tú mirada?, ¿dónde tú olor?, ¿¡dónde tus nalgas!?", se preguntaba él, ¿qué pasó?, no lo podía creer: sin Ella, sin poesía, sin amigos y sin pueblo.

"¡Dios!, no quiero blasfemar, ¡pero hay algo peor qué morir!", se gritaba.

La realidad de lo que sucedió la vería más adelante. Y sí, él no lo podía creer.

CAPITULO V

"… Sentí inevitable culminar el momento, apenas rocé con mis labios los suyos mientras acariciantes palabras alentaban lo nuestro: - ¡sentir tus manos! -, y Ella, - ¡sentir tus manos! -, y yo, - ¡besar tu aliento!, / ¡mirarme en el brillo de tus ojos! / ¡y dejarme nada! -, que raudos casi gritábamos. Desde su hondura donde entremetido estaba, pasó de la cabeza a la raíz de mí tallo en Ella entregado, una invasión de placer inconmensurable, de ahí recorriéndome por el vientre hasta el pecho tantas veces durante los largos segundos en que regaba profusamente con mi albo jugo a su divina flor, arremetiéndola con mayor y profunda fuerza al sentir dispararlo en pausados arranques impregnando su fondo entre los cuales una eternidad yo vivía. Al éxtasis mío Karina reaccionó con el suyo, sin dejar de verme agrandó los ojos, se apoyó en talones girando y meciendo subía y bajaba su pelvis implacablemente, aflorando hasta lo más su entrada al mover los muslos cual batientes remos desplazando un mar para lograrlo; aumentó el tono de su voz y las líneas del poema – ¡y dejarme nada!, ¡y dejarme nada! -, a lo que yo igualmente contestaba. Impulsándome con tenacidad desde la cintura, a dos brazos, Karina me llevó más y más hacia sí misma y su insondable remolino, volcándose con los espasmos incontrolables de su voluptuosa vaina hasta su mayor intimidad el ciento de lo que yo tenía: sentimientos, deseos, anhelos y sueños, ¡con todo se quedó en un fugaz destello! En tanto besaba su cuello, que Ella me ofrecía sin pudor ni miedo, yo tocando el cielo chupaba vehemente su piel tersa y blanca; lo que le hiciera parecía poco para llenarme de Ella y no encontraba donde más hincarle labios, lengua y boca, yendo desde un lado al otro de su blando torso pasando una y otra vez por las rojas fresas que sobre sus pechos saltaban al aire a rogarme también las amara, y las complacía rozándolas con la insinuada lengua de mí entreabierta boca cada que volvía. Colisionando nuestras ya fauces por abiertas mordiéndonos dientes y lenguas me contorsionaba hasta el dolor del quiebre para alcanzarla todita toda, sin pausa ni momento; y el desenfreno provocado en el meneo vertiginoso y electrizador de sus caderas obligaba a que las dirigiera sopesándolas con mi brazo convertido en garra y evitar que en esa demencia de agitación se soltara del encaje en el que la mantenía e interrumpiera fatalmente el increíble placer que obteníamos. …"

"Dime que me quieres, ¡¡aunque no sea cierto!!"

Karina, en las reuniones con las amigas, bebía, jugaba, se retaba, había tomado su lado del camino. Emilio percibía peligro creciente pues rápidamente se alejaba de él, día con día, noche con noche y no encontraba cómo contrarrestar ese desapego. "Tanto así la aprieto y tanto así se escurre de entre mis brazos", razonaba.

- El alcohol, la plática frívola y la relación superficial seducen fácilmente ¡e-e-esa es la base de mi éxito! - pregonaba orgulloso Josefo, un personaje del pueblo, medio filósofo, güero colorado, gordo y alto, dueño de la cantina "El Sube y Baja", nombrada así por su padre de quien la heredó, pues estaba localizada en una colina no muy larga y pina a donde acudían hombres y, a veces, mujeres a beber. ¡Y vaya que Josefo tenía éxito! Emilio vio en sus palabras una explicación de lo que le sucedía a Karina.

"Sin motivo alguno durante dos semanas no nos vimos ni hablamos, eran vacaciones escolares. Un día pasaba, y nada; otro, y tampoco. Fui invadido por una terrible idea: ¿estaba desacostumbrándome a tenerla junto a mí?, ¿y Ella también?, me pregunté. Esto me sacudió desde las entrañas, – ¡en la madre!, ¡tengo que hacer algo! -".

Sin pensarlo, ni acordarlo con Karina, después de esta tormenta de derrumbe emocional, Emilio salió corriendo a pleno mediodía cruzando por el centro del pueblo en camino a la casa de Ella, mientras el sol del desierto estallaba intenso sobre las desoladas, calientes y resecas calles. Cerca de la plaza la vio en la acera de enfrente y desesperado fue a encontrarla:

"Caminando bajo el sol ardiente del mediodía te encontré,
¿cuánto tiempo había pasado?, no lo sé.
… Al sentir tu cercanía mi pecho explotó
y venciendo al espacio tomó por asalto tu Alma,
¡hasta arrancártela de golpe!,
¡ahora eres mía!, ¡de nuevo mía!"

"Con furia, intensamente, chocando los cuerpos entre sí,
llorando y gimiendo sin cesar,
cómo si rencor guardado por no vernos sin razón
empujara castigarnos el corazón,
inundados de lágrimas y nadando en besos,
¡esa tarde nos amamos con frenesí!"

Tal fue la fuerza del encuentro en ese lugar y después a solas. Ahí él vio, claramente, hasta cuánto se amaban. Y lo grabó así.

Al siguiente día tenían los párpados y labios inflamados de tanto haber llorado y besarse.

– Pareces chango -, dijo Ella al verlo.

- Y tú mi changa -, revira él.

"¡Chula de bonita! Las redondeces de sus pechos sobresalían por entre lo ajustado de la blusa, formando una hendidura al centro en la que sumergí el rostro y con los labios y mi lengua asomando seguí su curso varias veces durante un buen rato, hacia arriba y hacia abajo".

Mirándola, Emilio sintió que un viento fresco de reconciliación le recorría el cuello y alejaba de su cabeza las oscuras nubes repletas de premoniciones negativas. – "Mientras la esperanza esté viva, mantén la calma y sigue adelante" -, Papá Isaac.

Ella se envició en beber cerveza, sin darse cuenta creía él. La notaba nerviosa cuando estaban juntos, pues apremiaba al tiempo para irse con su banda a convivir. Llegó un día en que él le dijo: - ve cómo vas y hacia dónde -, contestándole Ella molesta, lo que nunca había hecho, - ¡¿crees que no sé lo que hago?!, ¡ya soy mayor y me conozco! -.

"¡Por Dios, tiene 18 años!", pensó Emilio, "la estoy perdiendo sin remedio".

Josefo con frecuencia era acertado en sus comentarios. Alguna vez dijo, refiriéndose al alcohol: - la botella es pareja fiel, siempre está ahí, no reclama, no engaña, no grita y es un consuelo seguro -. Meditó Emilio sobre esa frase: "es más fácil acudir a la bebida que soportar los intrincados altibajos de amar a alguien, ¿es éste el camino de Ella?".

Cuánto en sí mismo él necesitaría sortear el problema del consumo de alcohol en posteriores acontecimientos que le ocurrieron y lo orillaron a beber, pero las cosas a veces inevitablemente suceden. – "El amor es un sentimiento natural y bueno, constriñe a las personas, mientras no te ahogue está bien" -, la abuela Rebeca.

No insistía en ese asunto con Karina y así evitaban discusiones pues, lo había comprobado, los llevaría a hacer más difícil su situación. Acataba dócilmente el tiempo que Ella dispusiera, pero aquella alegría y el calor en sus vidas lentamente se esfumaban. Sufrían lo que se llama "aburrimiento de pareja" o algo similar.

Siguieron en la Preparatoria. Iguales los días, iguales las noches. Emilio era un estudiante arriba del promedio. Buenas calificaciones. Los Maestros le auguraban un futuro promisorio, aunque él no lo entendía a ciencia cierta. En los deportes era disciplinado, dedicado y esforzado. – Entusiasta - afirmaba Leonel.

Transcurriendo ese año, una tarde charla con Karina; Emilio la notó diferente, distante, pensativa, distraída. Después de un lapso de espera, que le pareció una eternidad pues estaban envueltos en esa quietud aplastante que pocas veces le ocurre a una pareja y casi siempre precede a una mala noticia, dijo Ella sin darle la cara: - no quiero más andar contigo -.

Al oír estas palabras Emilio sintió que el suelo se abría bajo sus pies y lo hacía caer en un profundo pozo, que de pronto alguien o algo lo jalaba hacia un vacío. Sorprendido le responde, todavía en calma: - ¿qué?, ¿qué?, ¿pasó algo?, ¿hice algo indebido? ¿Por qué dices eso? -.

- Simplemente ya no quiero -, afirmó Ella en respuesta.

- ¿¡No me quieres!? -, preguntó Emilio, poniéndose enfrente y alzándole la voz, retándola, lo cual no solía hacer.

- Ya no te quiero -, confirmó secamente Karina.

Él, en silencio, se cubrió el rostro con las manos, apretándolo, bajándolas para verla, incrédulo, a los ojos, evasivo era el mirar de Ella. Todavía pensando que podría ser solamente una amarga broma, acertó a decirle, sujetándola de los hombros: - ¡Karina!, ¡no digas eso, no lo digas por favor!, ¡Diosito se enojará y nos va a castigar!, ¡nos va a castigar por jugar así! -. Ella levantó la cara por un segundo, pero sin contestar acomodó el cuerpo adoptando una actitud impasible y triste viendo a un lado.

Emilio miró alrededor el recinto donde estaban y no hallaba más que hacer o decir, "no puede ser, no puede ser, disfrutamos de vernos, de pasear, de querernos, de platicar, de soñar, ¿no es suficiente?", caviló. Estaba asustado por primera vez en su vida, realmente asustado, angustiado, pues por dentro una cosa horrenda, no conocida por él hasta entonces, oprimía muy fuerte su pecho, ahogándolo sin poderlo impedir.

No aguantó e instintivamente se alejó lentamente. Volteó a verla después de dar unos pasos tratando de entrever alguna señal que le dijera: "¡no es verdad, regresa!", pero Ella permanecía de pie con la vista en la nada. Aun así, regresó a tomarla del brazo y le alisó el cabello con la mano varias veces, intentando enternecerla. Tragó saliva, Karina se mostraba desolada y algo desaliñada, tuvo ganas de abrazarla ¡y llenarla con los besos y las caricias que por montones a diario le prodigaba!, sin embargo, su postura ausente detuvo la intención.

Mal presentimiento. Confusiones y campanadas de interrogación sonaban imparables dentro de su cerebro.

"¿Qué voy a hacer ahora?, Ella es parte de mi existir, parte de mí mismo, ¿yo ya no seré yo?", temeroso meditó.

A la tarde despejada, brillante y luminosa que lo recibió horas antes, rápidamente una borrasca la envolvió.

"Y en tu ausencia,
tristeza
ensombrece al corazón;
y por palabras bonitas
¡puras pinches lágrimas me salen!"

Sirva este fragmento para ilustrar la ocasión.

Esa noche la pasó en vela. Como nunca lo había hecho, pues cerveza era lo único que de vez en cuando más o menos se le permitía, robó y bebió sin miedo de la botella de tequila que Papá Isaac guardaba en la alacena de la sala. El ardor quemante en la garganta al pasarse un largo primer trago fue compensado casi de inmediato con el encendido de su mente, elevándolo a un estado de serenidad desde donde veía lo sucedido sin que le importara. Salió al patio de la entrada a su casa echándose al suelo con la botella abrazada, empinándosela de rato en rato en la boca para seguir girando y subiendo por esas sensaciones a las que con la cerveza ni siquiera se acercaba; minutos después ya balbuceaba, obnubilado pero liberado de inhibiciones y casi al borde del llanto. En parte por la bebida y en parte al recordar los tiempos felices e inspiradores con Ella, escribió verso tras verso en papeles sueltos, apoyándolos en la palma de su mano, intentando así atenuar su pesadumbre. Cuando le daban ganas ahí mismo orinaba acostado, ladeándose.

Casi al amanecer, desfallecido por el alcohol, el cansancio y el sueño, durmió sobre el crecido césped; despertó hasta escuchar el fuerte silbatazo de las siete horas de La Compañía Minera, anunciando el fin de la jornada de noche y el inicio de la siguiente. Las hojas donde anotó, que había dejado en el suelo, debido al viento tempranero, volaban desperdigadas dando vueltas por todas partes. Levantándose caminó con los pies abiertos para no caer y recogió unas pocas, a otras el aire se las llevó lejos, aunque las siguió corriendo titubeante no las alcanzó. Un niño vecino asomó por la ventana de su casa y oyó gritaba: - ¡mamá, mamá, Emilio viene zombi, Emilio viene zombi! - pues este andaba turulato con los brazos extendidos, luchando contra la ventisca y los efectos que aún le quedaban de la ebriedad tras esos papeles.

Emilio se detuvo, cayó hincado y luego de bruces, abrió los brazos aleteando sobre el suelo, tratando de juntar los poemas que traía arrugados en las manos y los regados sobre el pasto y se cubrió como pudo la cabeza y el cuerpo con ellos, igual a un pájaro acurrucando a sus pichones, buscando así volviera a él aquella *"confianza sentida eterna"* que le invadió cuando a sus ojos Ella mostraba inocentemente los muslos y el vientre al ir recogiendo nueces por el camino y parecía decirle: – mira lo que tengo y no temo lo veas - y no sabía que otra cosa hacer. Preso de una ansiedad irracional asumió que abrazando fuertemente esos pedazos de papel la tendría a Ella otra vez y serían uno mismo ¡y jamás lo abandonaría!

Pero otro el sentimiento era: de impotencia para cambiar la realidad; cerrando los ojos, por fin, lloró en silencio. Aún acostado, volteó y ve a David, el niño vecino, asustado, viéndolo fijamente a través de su ventana.

Rato después, enderezándose recogió el lápiz y garabateó en una hoja:

"He roto con mi sueño, Tú;
y mi Alma está muerta.
Vacía la mente.
Estéril estoy de pensamientos.

Sin sentido ni razón,
ni fines en existir.
Un cielo inerte observo,
antes azul y enorme, ahora ahuecado y negro,
cual abismo en el fondo del mar. ..."

Fue el último poema que haría. Jamás volvió a componer. Ni a leerlos siquiera, hasta cuando el encuentro con esa chica, muchos años después, rompió la insulsa letanía de vida que él llevaba.

"Debo decir que renunciar a interesarme en escribir, aunque inadvertido, verdaderamente fue tan devastador como el estar sin Ella. Me negué, forzado y a la vez voluntariamente, a apreciar con la palabra la felicidad nacida en la belleza de lo ordinario y sencillo que la naturaleza regala. Y la inspiración de Karina, claro, mi principal razón. ¡Y por qué dejé de hacerlo si Ella podía vencerme!: tan sutil cual página en blanco, suave, tierna, cotidiana, lisa, dulce, permanente, serena, ¡esencia pura de armonía y hermosura por dentro y por fuera!, ¡una flor de palmito del desierto mirando al cielo con los pétalos abiertos pero intactos!", gritándose, añoró Emilio tiempo después.

- ¡Fue tan doloroso!, ¡tan doloroso! Karina, ¿porqué, porqué, porqué te fuiste? -, se repetía Emilio en ese caótico tiempo sin encontrar sentido a lo que les había pasado.

> *"No estaremos ya juntos*
> *y el peso del universo me está aplastando*
> *¡hasta quitarme el habla!*
> *Perdido voy por siempre*
> *sin luz de sol, sin luz de luna, sin luz de Ti."*

Uno en los que esa noche dibujó su penar.

Al día siguiente no fue a la Preparatoria, era mitad del semestre; y al otro tampoco. Rompió de golpe con lo que él había sido, bebiendo tequila y cerveza, en la cantina y en la calle. - Le valió madre todo - comentaban los vecinos.

Descuidado, con la barba crecida, sucio y un tanto enflaquecido, comenzó a perseguir a Karina desde cierta distancia, a su casa, antes de entrar y después que salía de la escuela; la esperaba por las mañanas, las tardes, en las noches y le hablaba por teléfono a cada rato suplicándole volviera con él.

Sus amigos volteaban la cara hacia otro lado sin hablarle cuando se los topaba en la calle. Una noche, temprano, estaba Emilio dando unos pasos dizque de baile bajo la luz del farol afuera de la entrada a la cantina de Josefo, entonado por el pisto consumido y alguna música imaginaria que retumbaría dentro de su cabeza, cuando de pronto vio a El Francés, - ¡Elías, Elías! -, gritó acercándosele tambaleante, hablando incoherencias del futbol y de las reuniones y de la acequia y de los árboles y del cielo; él, en respuesta, le miró con una expresión tristísima en el rostro y se fue retirando cabizbajo, callado y sin darle la espalda. Emilio todavía lo siguió extendiendo las manos para tratar de agarrarlo de un brazo, pero Elías rápido se sacudió y huyó. No los culpaba, seguramente no sabían cómo reaccionar, extrañados por su presencia desconcertante y fuera de sí en modos y formas. Regresó a la puerta de la cantina siguiendo solo y sin su Alma, riendo con nadie bailaba abrazando el aire muy quitado de la pena, aunque por ratos fantaseaba que era Karina con quien lo hacía, al ritmo del sonido pausado y suave de Jazz en guitarra que Ella tanto amaba.

La señora Alicia tocaba la guitarra, una mujer con ceguera, morena y rellenita de unos 26 años, con su hijo Vidal de 10, quien siempre la acompañaba cómo guía, dueto de canto y una guitarrita. Eran la "orquesta" en las cantinas, así ganaba la vida pues ella enviudó joven y – putear yo, nunca - asentaba. Entonaban bien y el niño cantaba como jilguerillo, agudo y fuerte. Emilio, ya borracho, les pagaba para alegrarse y cantaba con ellos de todas, "Te vas Ángel mío", "Yo sé que nunca", "Diciembre me gustó pa' que te vayas", "Te juro que llorar casi no puedo, …"; ni Cumbias ni Danzones faltaban al repertorio y él, en ocasiones, solo y animado por su música se ponía a bailar en medio de las mesas. A falta de ellos, disponía de la sinfonola de Josefo con las hermosas canciones de Los Beatles, a quienes admiraba. Emilio, ya hasta atrás de ebrio, creía que los integrantes de esta banda se encontraban ahí presentes y les hablaba y les decía pendejadas, a John, a Paul y a los demás, sonriente los saludaba, brindando juntos y medio cantaba sus melodías con ellos. Una vez, mientras abrazando a Alicia y a su niño interpretaban "Te juro que llorar casi no puedo", a punto de cerrar Josefo, éste salió de detrás de la barra golpeando las claves de madera, siguiendo con entusiasmo el Son de la canción; rodeó acercándose a donde los tres se encontraban ¡y Emilio pensó veía a John! Josefo puso su mano en la espalda de Alicia invitándola a bailar y al sentirlo ella aceptó encantada, posiblemente acostumbrada a esa eventual excentricidad de él; abrió sus brazos con la guitarra tomada en una de sus manos dejándolo la enlazara por la cintura, sin dejar de cantar. Emilio, dirigiéndose a Josefo, John para él, le dice, - ¡pinche John!, eres bueno para bailar -, ellos no hicieron caso y continuaron con su paso. Josefo, percutiendo las claves de madera detrás de la cintura de Alicia la sujetaba entre los codos, enconchándose un poco para dejar libres sus manos, por esto friccionaban ceñidamente sus cuerpos al contonearse. El niño tañía su guitarra con mayor brío, tal vez pensando que así ayudaría a su madre y ese joven se enamorara de ella, quien se movía con hábil elegancia a pesar de su ceguera. Emilio ya difícilmente tarareaba y se quedó dormido sobre la barra. Terminaron y Alicia con su hijo ya se iban, Josefo esculcó en los bolsillos de Emilio para dar a "la orquesta" un extra por sus servicios y él despertó, lo vio y balbuceó: - ¡q-u-e-é haces pinche John! - y volvió a dormir; logró sacarle unas monedas y junto con algunas propias las dio al niño en la mano. Mientras se alejaban hacia la puerta, Alicia cantaba y se meneaba, divertida, apoyando la mano en el hombro de su lazarillo, al parecer deseando continuar con la bailada. Josefo apagó los focos y fue por Emilio, tomándolo en andas de un brazo y por momentos colgado en su espalda jalándolo de las manos o montándoselo "de camachito", creaban los dos una imagen grotesca y hasta de dar risa. Con él a cuestas cerró la puerta de la cantina y lo encaminó a su casa. Emilio abrió los ojos al sentir el fresco aire de la calle y, claro, vio a John cargándolo, diciéndole con voz estropajosa, en tanto trastabillaba y Josefo casi lo arrastraba: - ¿q-q-ué pasó John?, ¿a dónde se fue Paul?, nos ha de haber dejado por una vieja el güey, ¡mañana ya no lo invitamos! -, - seguro - contestó Josefo, fastidiado y cansado. Llegaron a la casa de Don Isaac y como pudo abrió la reja, lo empujó un poco para llegar al escalón de la puerta recostándolo en el muro. Hizo ruido para que oyeran los que estaban adentro de la casa y se apresuró a retirar. En eso estaba cuando escuchó una especie de chillido ahogado: - ¡he-e-e-y, Jo-o-o-h-n!, ¡Hermano-o-o!, ¡cuida al niño! -, - ¿¡cual niño!?"-, preguntó Josefo, - ¡el niño que canta contigo! - gritó de nuevo Emilio. Josefo se alejó sonriendo.

El único amigo con quien convivía Emilio era Chicho, ya que él entraba a veces a la cantina. Una noche estuvieron allí bebiendo, combinando tragos de cerveza y whisky en un topito, cuál sí fuera competencia, una tras otra, atascándose cómo marranos; hablaban del equipo, las convivencias, de su vida, a risa abierta departían.

"Vi por el largo espejo que estaba situado al fondo de la pared y reflejado estaba Chicho, arreglado y bien vestido, lo cual acostumbraba, un moño azul enlazado en el cuello de su camisa reluciente de blanca, pero con los ojos turbios volteaba a los lados y entreabría la boca, signos inequívocos de ebriedad. Desvié la vista hacia mi imagen y vi a un horrendo sujeto, un vagabundo, la camisa que alguna vez también fue blanca estaba gris de lo sucia, desabrochada de los botones de arriba exhibiendo el pecho, barbudo y despeinado. Miré mejor a otro lado". Recordaría Emilio.

Unas horas después los dos amigos salieron casi cayéndose, abrazados, apoyados el uno en el otro. Deteniéndose dijo Chicho de buenas a primeras, ladeando el rostro para ver a Emilio: - te quiero Mí Hermano -; y él contestó, viéndolo a su vez - yo también te quiero Mí Hermano -. Chicho se queda pensativo unos segundos y nuevamente dice, - pero somos hombres, ¿verdad?, nos gustan las mujeres -, - ¡claro Mi Hermano! - afirmó Emilio, - yo tengo una chica, … bueno, … se fue -, pensó en su Karina y bajó un poco la cabeza, hizo un esbozo de puchero enjugándose una lágrima con su mano libre, recomponiendo su postura de inmediato. Continuó Chicho, – yo amo a mi mamá y si así es puedo querer a otras mujeres, ¿verdad Hermano Emilio? -. Él replicó enfático - ¡sí!, esto es puro pinche cariño, como si quisiéramos a Dios o a Jesús o a los Santos -. Se soltaron para después alejarse cada uno por su rumbo; luego de caminar un tramo se volvió Chicho y gritó: - ¡Emili-o-o-o! -, éste lo afrontó al oírlo y vio a Chicho golpearse repetidamente en el pecho con el puño, indicando a su corazón, diciendo: - ¡puro pinche cariño Mí Hermano! -. - ¡¡Puro pinche cariño, y del bueno, Mí Chicho!! -, también a gritos le regresó Emilio, golpeándose varias veces en el pecho.

Así era Emanuel, buen bebedor y mejor conversador. "Mi Hermano", le llamaban sus amigos, pues estas palabras eran su forma de hablarles; a las chicas él las saludaba, indiscriminadamente, con un "Mi Novia", incluso a Karina, aunque él ni novia tenía; y a las "solteras" a veces les daba un corto beso en los labios cuando a ellas llegaba. Quería mucho a sus papás, pero posiblemente sufría por culpa de ellos; al fin hijo único.

Emilio evitaba ver a Iris, aún si a lo lejos la divisara, le avergonzaba no tener palabra dulce "pa' acariciarla cantándosela al oído". No quería que viera de cerca al tipo desastroso y mugriento en que él se había convertido, muy diferente al que ella trató y tanto quería. "¿Tampoco me quiere Iris?", se preguntaba a sí mismo, la respuesta traspasaba por entre las nubes del licor haciéndole soltar algo parecido a débiles lágrimas, esas que suelen salir debido al abotagamiento producido por la saturación de alcohol en el cuerpo, cuando ya no puede salir por otra parte. - Cuándo ya no puedes mearlo ni sudarlo, ¡lo lloras! -, aseguraba Josefo sobre su consumo. - Hasta donde he caído - susurró Emilio, - ya ni pinches lágrimas me salen -.

Pero no le salían lágrimas mientras estuviera ebrio. Durante esos días en una sola ocasión mantuvo sobriedad y entonces desfiló ante sus ojos la realidad, su realidad, provocándole una oleada incontenible de desgarrador llanto y lo hizo, para que nadie lo pudiera escuchar, escondido debajo de las gruesas colchas de su recamara. Salió después de unas horas, asustado, volviendo a beber sin parar, según él para "curarse". Tenía lógica pensar que bebía también para no llorar como un niño quien, tras perder un cercano y querido juguete, sabiendo no podrá recuperarlo luego se aferra a su único consuelo: el biberón.

¿Y Karina?, Karina estaba inflexible, bloqueada: - ¡no te quiero!, ¡no te quiero! -, le soltaba apenas intentara él acercársele, palabras con las que lo detenía cual si fuese un muro contra el que Emilio chocaba. Entonces se quedaba fijo al piso, frotándose las manos sin dejar de verla, esperando a que Ella le diera alguna indicación o le dijera que hacer, él procuró dejar entre los dos un amplio espacio para no incomodarla, sumiéndose en algo parecido a un marasmo.

Con el afán de retenerla más tiempo cerca de él, cuando Ella se empezó a alejar se le ocurrió recitarle un verso, exclamando:

> - "¡Cielo de rosas, de viento, de primavera!
> ¡Canto de luces!
> ¡De sol que atrapa tú mirada y ciega al destino!
> ¡¡Por esa vereda hace peligro!!" -

"Por ese sendero de sueños rotos". Pero, confundida, Ella acabó yéndose con un contoneo suave de sus caderas. Él la siguió con la mirada intentando retener en la mente su hermosa figura, después de que en la distancia la perdiera. Absorto, trastornado, imaginaba la había alegrado con su poema y Ella regresaría en un rato si él, paciente, la aguardaba, por lo que desde su lugar mantuvo la vista en el punto donde desapareció y se quedó inmóvil. No obstante, muy pronto el presente le abrasaba y un provocador sudor profuso y caliente cubría su piel, obligándolo a estar consciente de que Karina, su Karina, con el cabello, el rostro, sus sentires, la mirada, los labios, la sonrisa, esas deliciosas nalgas que cadenciosas se alejaron y literalmente incontables veces comió a besos y moldeó con las caricias de sus manos ¡y nunca le empalagaban!, ya no eran para él. Después de muchos minutos, inmerso en infantil desconcierto por no acertar a verla regresar, todavía sin despertar de su perturbador desorden perceptivo, se iba. Incluso, dijo esa vez, más tonto que nunca: – sí mañana, temprano, vengo, ¡de seguro aquí estará!, ¡de seguro aquí estará para oír mis versos! - recalcó. Bailando sobre la acera y alegrado por su brillante deducción, tomó curso hacia la cantina El Sube y Baja, animándose más al sentir ya en su cerebro el estimulante efecto del alcohol que le aguardaba. Mientras caminaba repasó a viva voz lo que le declamaría tan pronto la volviera a ver: - suspiros vienen al viento/ y arrastran a mí tu aroma/ agitando los nogales/ ¡y haciendo cimbrar la Tierra!, ...; ¡ayayaaaayyyy! - vociferó emocionado y con fuerza sin dejar de ondearse, - ¡¡dime que me quieres, aunque no sea cierto!!, ¡mama-a-á!, ¡s-í-í-í!, ¡ajúa-a-a! -, haciendo aspavientos agitó los brazos moviendo el cuerpo para colorear sus gritos.

Ya dentro de la cantina, loco de contento, continuó la alharaca menándose entre las mesas y altisonante pidió a Josefo que le sirviera la bebida acostumbrada: una cerveza bien fría y un topito de whisky; con un manotazo sobre la barra le indicó – ¡aquí! - mientras concentrado, viendo abajo el desplazamiento de sus pies, siguió bailando.

A partir de entonces le recitaba a Karina en la calle o donde se la encontrara. Ella invariablemente reaccionaba disgustada, regañándolo y pidiéndole: - ¡vete!, ¡vete! -.

"A veces,
gusto de provocar su enojo,
para encender, así, en mí,
aquellos los momentos tan felices que vivimos."

Emilio sonriente la miraba mientras Ella lo recriminaba, haciéndole, al ver su hermoso cuerpo vibrar intensamente, gritando y manoteando, vívidamente acordarse, y sentir, lo maravilloso de cuándo, de cómo y de cuánto se amaron.

Aún en la Iglesia los domingos, desde la parte de atrás, Emilio le declamaba, a veces quedamente solo para él y alentarse al decirlo, aunque en ocasiones vociferando: - ¡¡Alegre el día tu feliz encanto!!/ ...-, con lo cual no faltaba quien gritaran – ¡cállate loco! -, levantando risas entre los asistentes. O a trueno de voz desde el pasillo o el Altar, interrumpiendo la misa del Señor Cura:

- *"¡Karina te Juro aquí!,*
¡nuestro Dios testigo es!,
¡luz en el cielo no hay más!,
¡qué en la Tierra amor por Ti!" -

Sí, enloquecía. Dos o tres feligreses se aproximaban a él, acompañándolo a retirarse tomándolo de los brazos.

Esto provocaba en Karina que fingiera no conocerlo o que rápido se alejara al salir de la Iglesia, avergonzada, cubriéndose la frente con la mano. Él no comprendía si por sus palabras estando borracho o por hacerlo delante de la gente o, en fin, por su presencia; pero cualquiera fuese la razón no le importaba, pues un rescoldo de esperanza pintada de ingenuidad le decía que así la reconquistaría, él conocía muy bien cuánto sus rimas la excitaban cuando se los decía a susurros haciendo el amor o en preludio de esto. Y era lo único que podía hacer, pensaba "¿qué recurso habría si otra gracia no tenía?". Aunque él sabía que sí la hubo y la había, pero no ahora. No ahora.

- "Caiga el Cielo de la noche,
   las estrellas bajen al abismo
   y estallen en bailes de sombras y llamas
   encadenadas
   con risas y abrazos interminables.
   Almas,
   tomadas de la mano,
   ¡Felices!, ...
   ¡Ni esto iguala el verte!"-

Fuera de aquellas intimaciones a Ella no le gustaba oírlos, de modo que, ¡bonito remedio!

Eventualmente su atrevimiento no conoció límites:

- "¡Llévame a tocar el cielo!,
   de las manos tus caricias,
   de los labios con tus besos,
   del cuerpo el encanto de tu en medio,
   ¡llévame a tocar el cielo!"-

Después de uno de esos, molesta por la insolencia, se acercó a Emilio y le dio una bofetada; él, lejos de amilanarse, le acercó el rostro rogando: - ¡hazlo duro, golpeas como niñita! -, Ella se hizo hacia atrás, asustada al darse cuenta de hasta donde el infortunio los había llevado. Entonces, intempestivamente, él se tiró al frente apoyando las manos sobre la banqueta, chocando repetida y fuertemente contra el suelo su cabeza, gritando después de cada golpe volteando a verla: - ¡así!, ¡así!, ¡así! -, sin dar visos de calmarse resonaba en seco los impactos. Sin duda Emilio quería lastimarse para sentirse vivo y a la vez tenerla en su compasión por él. Lleno de tierra e hinchado de los pómulos y frente, comenzó a sangrar profusamente de la nariz. Karina, tapándose la boca con ambas manos, corrió horrorizada huyendo del lugar.

"El suelo parecía pasar bajo la fila de hormigas rojas y ahí estaba yo, observándolas, sentado en la calurosa orilla del Río Escondido, engarruñado, apoyando los codos en las rodillas, queriendo caminar con ellas y vivir dentro de su pequeño mundo, acompañarlas en su incesante trabajo y fuese lo único que el destino me ofreciera". Horas de la mañana pasaba Emilio en esta forma, sin más que hacer, hasta que el gusanito del alcohol lo llamaba y el solitario deseo de evadirse de todo y de todos, para siempre, lo impulsaban otra vez a beber. Sobrio hacía de realidad la ilusión de que Ella volviera con él, reiterativa pero finalmente fallida, entonces buscaba se realizara estando ebrio. – "Mañana será otra mañana" -, Mamá Aurora.

En una ocasión insistió a Karina más de lo usual por una explicación, preguntándole: - ¿por qué? -, Ella contestó con las palabras más inquietantes que jamás hubiera esperado escuchar: - dicen las muchachas que no me convienes, no eres normal pues escribes poesía -.

Él razonó, "¿cómo puede darme una respuesta tan inverosímil y torcida?, ¿es boba acaso o fácil se deja engatusar? ¿Pretexta cualquier cosa para justificar dejarme?". Entonces captó que posiblemente alguien había hecho una manipulación burda y malintencionada de su mente, forzándola, por envidia o cualquier otro motivo igual de banal, a complacer a ese grupo de chicas medio locas y ya algunas de ellas francamente envilecidas. Y siguió especulando, "¿será adicta y le molestan mis recriminaciones?, ¿se trató de un reto, una prueba ritual para auto castigarse y ser aceptada dentro de la banda?, ¿pensaría en un rompimiento temporal sin consecuencias o que sería fácil encontrar más adelante en otro hombre el cariño y el trato como el que yo le di?". – "El amor verdadero no se da en macetas hijo" -, un dicho del abuelo Juan Jacobo.

¿O él fue el culpable de su alejamiento? Su forma de ser un tanto absorbente, siempre preocupado de asuntos que a los demás no les pasaba por la cabeza importaran y Ella pensaba eran desperdicio de tiempo - pues nada tienen que ver con nuestras vidas - decía. ¿O Iris era la causa?, con quien se encelaba a veces; - ¡la quiero! ¡la quiero!, ¡pero no cómo a ti!, ¡no cómo a ti! - Emilio gritaba así a Karina apresurándose a desmentirla, dada la ansiedad provocada en él al sentirse acorralado por sus dudas.

O lo que ahora le repateaba el hígado si lo aceptara: "¡Ella está enamorada de otro!, para acabar pronto", se reclamó interiormente. Mil cosas cruzaban persistentemente por su pensamiento.

Emilio, burdo, inconsciente, raso, simple, le preguntó - ¿no confías en mí? -; y tratando de refutar sus ridículos alegatos con otros de él aún más, convencido afirmó: - puedo confiar por los dos, por ti y por mí -. Sintió entonces una calma irrespirable circulando en el aire que proclamaba ¡basta de locuras!

La Karina que conoció no volvía en sí. ¡Y él tampoco!

"Vamos a revolver tus ojos con los míos,
miremos a Dios en ese Templo,
regresen, así, tus sentidos
¡y vuelvas a quererme como yo te quiero!"

Escribiría el canto desesperado aquella triste velada; no pudo leérselo, Ella se había ido.

Ya borracho, para no variar, esa noche en la cantina de Josefo vino a su mente de cuando una tarde, meses antes, le habló a Karina por teléfono y conversaron unos minutos, al final de lo que motivó la llamada, después de un espacio de tiempo, Ella continuó: - ¿qué te iba a decir?, ¿qué te iiiiba a deeeeciiir?, algo se me pasó -; y sola se respondió: - se me olvidó -. Es algo que ocurre comúnmente entre personas muy cercanas, no sabes, aunque lo desees, como mantenerte hablando y prolongas la conversación con palabras incongruentes. – ¿Algo se te pasó? - replicó él aquella vez; y Ella contestó con estas sencillas y bellas palabras: - te quiero -.

- ¡Oh! ¡Dios!, ¡no me dejes!, ¿dónde estás ahora? -, terminó diciéndose en la cantina.

Había pasado ya casi un mes y medio del rompimiento y el problema iba de mal en peor.

A la noche siguiente, entre remembranzas placenteras e idas y en medio de ruidosos lugareños tan ebrios como él, pidió a Josefo el teléfono y marcó el número de Karina, igual a tantas veces lo había hecho en las últimas semanas. Emilio estaba de pie balanceando el cuerpo, acercando y alejando el rostro a la pared de al lado de la barra, estirándose para tratar de lograr equilibrio y, a la vez, verse muy bien portado y formalito al levantar Ella el auricular, ¡aunque ni lo viera!, así de idiota andaba. Tan pronto contestó, él rápido a gritos talló este verso:

- ¡Karin-a-a-a!
   Dime que me quieres, (¡hip!),
   ¡dime que me quieres, aunque no sea cierto!, (¡hip!),
   debo, ¡para ti! (¡hip!) …, seguir viviendo.
   ¡Karin-a-a-a!, ¡Karin-a-a-a-a-a-a!! -

Abría grande la boca al decir al final su nombre mientras levantaba el rostro, implorando, además, de esta manera, la ayuda del Todopoderoso. Y la rima sonaba re feo, para empeorar las cosas.

Rogó Ella, - deja de hablarme, no volveré contigo Emilio, no volveré -. Él pidió de nuevo, - dime que me quieres, aunque no sea cierto, ¡dímelo!, ¡Karina-a-a!, ¡dímelo!, (¡hip!) y no te volveré a hablar ¡jamás!, ¡nunca!, jamás te molestaré, sólo dilo …, ¡dilo! …, ¡¡d-i-l-o-o-o!! -, acabando la frase como si quisiera golpearla con cada letra para obligarla a hacerlo. Josefo y borrachos que lo acompañaban en su local callaron al escuchar los alaridos.

Era un deseo que Emilio atenazaba infantilmente y lo aceptaría como verdad, aunque fuese una abierta falsedad.

- ¿No-me-buscarás-nunca-si-lo-hago? -, respondió Ella en voz baja y pausada, cuidando de no despertar en él una reacción irascible.

- ¡¡N-u-u-n-ca!!, (¡hip!) -, exclamó Emilio, zarandeándose por el esfuerzo de hacerlo y patalear buscando el piso para apoyarse y no caer. Aun así, no evitó resbalar su pie y azotó estruendosamente con el pecho y la cara contra la plataforma de la barra, quedando recostado, inmóvil y lagrimeando por el chingazo, pero no soltó el teléfono apretándolo fuertemente a su oreja. Con el tablazo Josefo se acercó, aunque no intervino.

Después de unos segundos de espera Ella habló: - te quiero, te quiero, te quiero, te quiero, te quiero, ¡te quiero! - continuamente y llorando, - ¡te quiero!, ¡¡te quiero!!, … - ; Emilio aventó el auricular al aire pues parecía estar electrificado por esas palabras, calosfríos pulsaban su rostro con cada latido de su corazón. Empinado permaneció quieto unos minutos, oyendo a lo lejos esos gritos durante un rato, que fueron apagándose de poco en poco. Luego silencio. Ningún adiós hubo.

> *"Si no dije: ¡adiós!,*
> *volverte a ver ¿puedo?*
> *Si esperara algo en vano,*
> *extrañarme ¿puedes?"*

En alguna desgracia anterior escribió.

Sin poder aguantarse, ni importarle, durante la conversación se orinó en sus pantalones. Fue a pagar al cantinero y caminó a la salida viendo hacia abajo, sujetándose de las sillas con las manos para asegurarse no caer de nuevo. Notó que a cada paso que daba chacualeaba la orina que cayó dentro de sus botas, produciéndose un ruido extraño. Josefo, quien estuvo atento a la gritadera, a modo de despedida le sermoneó algo que posiblemente consideró le ayudaría: - si no tienes su cariño, confórmate con las nalgas, pendejo -. Emilio se detuvo, serio, viéndolo con enojo unos segundos y salió.

Ya por la calle se esforzó en meditar: "¿Karina al contrario de Iris?". Iris era Alma, aprecio, amistad, cariño. Karina era todo: amistad, amor, cuerpo, deseo, Alma, afecto, emociones, sueños, ¡ardiente!, ¡intensa!, ¡muslos!

> *"Puedo Luchar por ti,*
> *hasta el final y vencer,*
> *solo dime que me quieres,*
> *aunque no sea cierto,*
> *pues con la esperanza*
> *suficiente tengo."*

Es parte del que hizo una tarde de enojo. "Uno puede vivir engañándose, pero sin esperanza nunca", razonaría.

"Fui con Enriqueta a su fondita y le pedí sirviera – los tacos que más te adoran -. Le solté la orden estropajosamente a manera de saludo al tomar asiento en una de las altas sillas de la mesa principal, haciéndome el importante al dar al mismo tiempo un fuerte manazo en la madera. Saliva escurría por entre mis labios y veía hacia uno y otro lado, meciendo lentamente la cabeza; la miré y ella mostraba en su carita una expresión entristecida y a la vez aterrada, con los ojos muy abiertos y a punto de hacer puchero. No me detuve a analizar la razón de su actitud pues entumecido mi cerebro flotaba (y, por supuesto, era yo, mi conducta y aspecto la causa de su alteración). Se puso a trabajar sin decir palabra; después de unos minutos sobre la mesa colocó frente a mí un plato repleto de tacos, verduras y salsa y un refresco de soda, extendiendo bien sus brazos al servirlos, cual si quisiera evitar acercárseme; comí velozmente pues días tenía sin hacerlo 'como Dios manda' y los tacos estaban deliciosos. Mientras nos veíamos, ella se mantenía arrinconada en la parte trasera de su espacio, en silencio, nerviosa apretaba una mano con la otra y un poco temblando bajaba la vista, luego atisbaba hacia donde yo estaba. Me pasó por la mente, sin por ello dejar de masticar con la boca llena, '¡cuánto más hambre, más Tú, Queta!', frase que años antes susurraba en su oído, pero sentí estar muy fuera de lugar aún al evocarlo. Terminé, busqué dinero en mis bolsillos y ¡ni un pinche cinco traía para pagarle!; nada me pidió. Con un movimiento rápido recogió el plato con una mano desde lo más lejos que podía, una obvia forma de expresarme '¡vete!', así de acongojada la tenía. Mudo yo, bajaba la vista a la mesa y luego a su rostro varias veces, esperando que después de los intervalos tuviera otra actitud, pero no; a falta de otra cosa le sonreía como burro sin saber qué más hacer".

- ¡Mañana, temprano, vengo y te pago!, … - dije altisonante al tiempo de levantarme y caer hacia atrás zigzagueando por entre sillas y mesas, interrumpiéndose mi hablar, porque, aunque luché por sostenerme abriendo ampliamente los brazos y moviendo los pies hacia atrás para tratar de estabilizarme, no pude evitar dar con la espalda de costalazo al piso, provocando un sonadero estruendoso al tropezar y desplazar el mobiliario con mis manos, piernas, pies y todo lo demás; nada faltó al desastre. Rápido me puse de pie dando un salto, lo que me sorprendió y, para no caer ahora de frente, tuve que apoyarme en la barra y continué, tembeleque como padeciendo yo Mal de San Vito, la frase donde la dejé: - … ¡Queta, todo mi querer! -. Sin sentirme afectado en lo más mínimo por lo antes sucedido y muy falto de pena así la lisonjeé, con un aire de arrogancia que resultaba grotesco en la situación que se presentaba, ¡ufanándome de que la quería mucho y cumpliría mí promesa!".

"Queta, casi llorando y tapando su boca con las palmas de las manos, al verme azotar tan aparatosamente, ¡todavía más la asusté!, ni contestó, seguía viéndome con ojos insoportablemente lánguidos y humedecidos. Ya algo recompuesto, me invadió ánimo de abrazarla por su blando torso, aunque fuese un poquito, igual a tantas veces lo había hecho antes, y decirle: no tengas miedo Queta mía, pase lo que pase somos amigos ¡y llorar juntos!, ¡e inundar su cabello con todas las lágrimas del mundo!, y consolarnos y gritar a los cuatro vientos los dos al mismo tiempo: ¡estamos aquí!, ¡estamos aquí!, ¡y no sufrimos!, porque cantamos poesía; ¡y-es-su-u-fi-cie-e-n-te-para-si-e-e-empre!, ¡su-u-u-fi-c-i-e-ente-para-si-e-e-empre!".

Aún dentro de su alcoholizada mente, Emilio fue capaz de comprender lo aberrante de estos pensamientos que, en la desesperación por encontrarle una salida al abismo infernal en que se encontraba, lo acosaban sin cesar. Viéndolo bien, ¡bonito espectáculo daría lloriqueando allí igual a una nena delante de ella!, ¡y orinado! Mejor era irse apresurado antes de empezar a hacer o tan sólo imaginar, otras locuras.

Dio unos pasos sobre la acera alejándose e interrumpió la marcha para buscar, de nuevo, volteando con las manos totalmente al revés los bolsillos delanteros de su pantalón; cierto, nada traía. Giró el torso del cuerpo para mirar a su querida amiga, quien también le lanzaba una mirada, pero de desolación absoluta. "Y tengo el corazón vacío de cariño con nada que darte y en mi boca no hay palabra bonita para acariciarte ¡¡Queta mi vida!!", se dijo por dentro, sin apartar los ojos en ella.

Sintió náusea, ¡qué injusto había sido todo el tiempo con Queta!, ¿la entusiasmaba con aquellos arranques de cariño?, sí. En verdad sin un futuro entre ellos, porque después Karina, fue solamente Karina.

Pudo destacar de esa noche el que no se perdonaría jamás el haber atormentado, con su pendejo y borracho comportamiento, el ingenuo modo de ser de esa hermosa chica, ¡ya de por sí confundida la tenía con aquellos furtivos acercamientos! Y esa expresión en ella, asustada, melancólica y compasiva, todo a la vez, tampoco la podrá olvidar. - Tengo una deuda pendiente de pagar allá y es mucho más que de dinero -, afirmó Emilio 20 años después.

Se le bajó la borrachera con la cena, el porrazo y la caminata.

Rato después llegaría a casa del Mike. No sabía porque se había dirigido allí, pero sospechaba que él podría ser una de las esquinas en su trágico drama.

Lo encontró en el patio delantero departiendo con otros, amigos suyos también e integrantes del equipo de basquetbol. Ellos rieron al verlo llegar, - te echaron encima a su vieja -, dijo uno con voz muy alta al Mike codeándolo, como para asegurarse que Emilio lo escuchara y sonrió sarcásticamente, indicando con la mano en dirección a donde él se acercaba, dando a entender que la banda había conspirado para poner en brazos del Mike a Karina y provocar la separación.

– ¡A-a-ah!, ¿pinche puto, has besado a mi Karina? -, preguntó Emilio entre dientes y corriendo avanzó rápido hacia ellos, afrontando directamente a Mike. "Un torrente de ira sobrenatural me sacudió al entrever lo que podría ser verdad. Rápido, de un salto, agarré al Mike del cuello empujándolo contra la pared; una fuerza descomunal se apoderó de mí y lo levanté golpeándolo en el rostro con mí puño y a frentazos, rebotaba su nuca en el muro después de cada vez; al mismo tiempo lo fijé del cuello con la otra mano y el antebrazo para poder atinarle todos mis chingadazos, parecía yo estar apaleando una piñata. Sus compañeros prestos me tundieron desde los lados y atrás intentando separarme; sin soltar a Mike, al que tenía más cerca también le di tremendo cabezazo en la cara y oí como le crujieron los huesos de la nariz y los dientes; dejé a Mike en el suelo sobándose, abalanzándome sobre otro a quien lancé contra los arbustos donde lo pateé violentamente con un movimiento parecido a una pala de molino de viento. Tomé una silla metálica desde el respaldo con ambas manos, que por ahí estaba, y la levanté dejándola caer contra la espalda de Rubén repetidas veces, quien gemía continuamente enconchado en el suelo. Propiné sillazos a diestra y siniestra, donde les cayeran, en la cabeza, en los brazos, en el pecho. Nunca había sucedido algún conflicto igual, pues yo era tranquilo de carácter. Adoloridos y asustados de verme así huyeron corriendo y yo tras de ellos los perseguía trastabillando, enloquecido, con los ojos desorbitados. Apretando los dientes los insultaba y maldecía, extendí el mueble alargándolo con una mano y alcancé a trompicar al Mike en la pierna, quien cayó al suelo y se acurrucó defensivamente, ahí seguí impactándolo de cerca con el borde del asiento de la silla, agarrando vuelo desde lo alto para darle más duro. Pude haber matado a alguno, por fortuna no pasó ya que me detuve cuando apareció el padre de Mike, gritando - ¡vete o llamo a la policía! - tratando de arrebatarme la silla de las manos, pero lo amenacé blandiéndola en su contra y él se replegó; así me retiré, caminando hacia atrás".

Se alejó Emilio titubeante por la banqueta, con la silla colgada del antebrazo para poder acomodarse con ambas manos el pantalón, pues por lo flaco se resbalaba y a tirones lo levantó, se percató que además el cinturón se le dañó en la refriega. Después de varios intentos por arreglar su cinto renunció a hacerlo y terminó utilizando los dedos de la mano izquierda en forma de grillete, juntando dos presillas para sostenérselo.

Ahora sabía Emilio lo que sintió Chicho aquel día, cuando lo vio echado sobre el piso de la plaza ocultando su rostro entre las manos, pero, a diferencia de su amigo, él estaba viendo arriba mostrándose a todos. No por esto sufría menos.

Caminó a su casa con la silla en el brazo, semejando a un vendedor ambulante al cargar su canasta de mercancía. Para entretenerse, en el trayecto trató de silbar una canción, dándose cuenta que la sangre acumulada en su boca y los labios hinchados le impedían hacerlo. Escupió y de nuevo insistía, tercamente, sin conseguirlo; sonreía y se reía estúpidamente entre los infructuosos "silbidos". Cantó, pues: *Yo sé que n-u-n-ca-a-a, besaré tu b-o-oca/ tus labios de p-u-ú-r-pura encendida …".*

– Dabas miedo y tristeza -, dijo Mamá Aurora de su aspecto después de que llego a casa a la medianoche. Antes de entrar dejó a un lado de la puerta la silla. Traía bajado el cierre del pantalón, andaba orinado y su camisa estaba rota; sangraba por nariz y boca y tenía un ojo casi cerrado.

Apenas Emilio traspasó la puerta, Mamá Aurora, quien esperaba sentada en la sala, rápidamente se levantó acercándose a él, horrorizada de verlo en tan lamentables condiciones. Impresionada y sin decir nada le tomó las manos enterregadas y las revisó por un lado y por el otro, al igual que el rostro; sus nudillos estaban escaldados y sangraban, tenía el ojo izquierdo amoratado y con una herida sobre el párpado cubierta de sangre seca, la piel de la frente magullada con raspones en varias partes. Él notó que su madre apretaba los labios esforzándose para no llorar. Se encaminaron hacia las sillas de la cocina y se sentaron. Allí lo limpió cuidadosamente con agua oxigenada y gasas, que antes fue a traer al botiquín del baño. Luego le colocó vendas donde creyó lo ameritaba.

Normalmente sus padres dejaban que resolviera los problemas él solo. Posiblemente ellos pensarían que participó en alguna riña, no tan inusuales en el medio estudiantil. Pero lo que pasaba con él desde hace semanas lo sospechaban y hasta lo sabían, aunque seguramente no de fondo, pues cualquier acontecimiento en el pueblo se difundía ampliamente entre los habitantes. Sea cual fuese la razón, hasta ese día no se habían involucrado; tal vez les avergonzaba abordarlo o no sabrían bien cómo manejar con su hijo lo que le sucedía; quizá, simplemente, daban tiempo al tiempo, esperando que al cabo de dos o tres semanas se tranquilizaran las cosas. Aún más, es posible que Karina hablara con ellos explicándoles que ya no estaban juntos. Evidentemente no fue así, por el contrario, el asunto se había agravado. Esa noche su madre entendería la profundidad de los efectos que en él había tenido el rompimiento con Karina.

Emilio, poniendo cara de extremo decaimiento, esperaba que Mamá Aurora dijera algo. Y lo dijo, dando indicios de su pesadumbre, –"(hijo):

- "Por las noches,

oigo tu sentir
y lloro"-.

Y se enjugó unas lágrimas con el borde de su delantal.

¿A quién atribuir el encanto de Emilio por la poesía?, salta a la vista.

Conmovido por verla tan acongojada y tratando de desviar el camino que tomó la conversación, habló casi de golpe – ¿Ma, porqué pienso mucho? -, y Mamá Aurora contestó con esa voz suave que la caracterizaba: - hijo, sólo sientes más de lo que piensas, vete a dormir -; apoyándose sobre la mesa para levantarse ella procedió a ir a su recámara, ya recompuesta de la conmoción que sufrió hasta minutos antes. – No, espera -, la detuvo él, tomándola del brazo, - ahora yo quiero decirte algo -; y Emilio le contó.

Mamá Aurora se avispó tras acabar Emilio el relato, enrojecida lo reprendió: - ¡por qué no me lo confiaste hijo, fuiste tan niño!, en lugar de adoptar una conducta madura y pensar en cómo recuperarla, te saliste por la fácil: la autocompasión y la bebida. No eres diferente a Karina si es cierto que sus amigas mal la aconsejaron, tú lo hiciste igual, pero sin ayuda -, finalizó.

En un dos por tres esa inteligente mujer lo había regresado a la realidad. Se comportó como un tonto, lo admitió, pero fue inevitable; y nadie sufría, más que él, la desesperación y el dolor desgarrador que le carcomía por dentro al ver a Karina yéndose para siempre y probablemente con otro hombre. Pero además del dolor, era un miedo a no sabía qué, la cierta incertidumbre o confusión interior que traía pegadas a su pecho y a su pensamiento y le hacían creer que ya no era él sin Ella, lo que lo llevó a beber para dejar de sentir. Él empeoró las cosas al alejarlas del raciocinio escondiendo esas debilidades tras una pared: el alcohol, que ahora comprendía era falsa pues, a trasluz, dejaba ver a los demás lo que intentaba ocultar.

¿Recuperar a Karina?, "el cariño es tan intenso cómo el miedo a su ausencia causa", rememoró un dicho propio. Le pidió hasta el cansancio que regresara. Pero, viéndolo bien, que Ella dudara de su amor hacia él, el cual Emilio sintió infinito, pensó les haría insoportable una reconciliación, e imaginó: "si volviéramos a estar juntos tendríamos que aprender a vivir tuertos, con la falta de algo esencial en nuestra relación: la confianza; y siempre veríamos esa pérdida de confianza simbolizada en la ausencia fantasmagórica de un ojo". Lo dejó así. Era muy joven.

La realidad es que lo hecho, hecho estaba y no había manera de cambiarlo. – La olvidaré-, dijo, - no me afectará, sabré manejarlo. Siempre resuelvo los problemas -. ¿Cuánto equivocado estaba?, después de luchar por años consigo mismo lo asimilaría. *"Resolver todo lo puedo/ ¿menos su ausencia? ...",* expresa en uno de aquellos poemas.

A la mañana siguiente, temprano, vio por la ventana de su habitación a Papá Isaac subiendo los muebles de la casa en el camión de redilas de Don Pancho "El Frutero", que le ayudaba en la tarea. Su padre terminó y fue a donde Emilio, quien rápidamente volvió a acostarse al prever que iría por él. Aún estaba en pijama, así que simuló seguir durmiendo. Él entró sin despertarlo y no intentó darle explicación alguna, lo abrazó por debajo de los hombros, levantándolo fácilmente de la cama y lo cargó sobre su espalda. En ese momento Emilio caviló, al advertir cuan hábilmente lo hizo, "a este hombre Dios lo hizo para mí", al recordar como el amor de Papá Isaac por él lo transformaba, en estas situaciones, en fuerza monumental. Su padre lo llevó al camión arrastrándole un poco los pies, pues él no era muy alto y de cuando en cuando lo impulsaba hacia arriba para reacomodárselo. Emilio, todavía borracho y algo divertido, en lugar de aligerarse extendía los pies al piso cada vez que él hacía esta maniobra, dificultando adrede su esfuerzo. Papá Isaac llegó al camión y lo colocó con cuidado en medio del asiento, Emilio fingió no darse cuenta de lo que pasaba, haciéndose güey y mostrándose desmadejado, ya que sobrevolaba en su mente la idea de que todo ese circo era por su culpa; al acomodarlo recargó la cabeza de Emilio sobre el regazo de Mamá Aurora; sentada al lado ayudó jalándolo de la cintura, por esto ella apretó el rostro del hijo entre sus blandos pechos, haciendo a él remembrar etapas de su niñez: *"pues dejar lo niño pa' hombre/ nunca en sentimiento fue, ...",* vino a él la línea de uno de sus versos. Apenas pudo contenerse para no estallar llorando dentro de ese estrecho abrazo con su madre.

Arrullado por el ronroneo del motor durmió "la mona" en el trayecto. Alcanzó a escuchar a Mamá Aurora decir, mientras le acariciaba el cabello igual a si lo espulgara con sus cálidas manos: - llevemos nuestro "tontito" a otro lado -.

Papá Isaac encargó el viejo carro familiar a Don Pancho, para regresar después y llevárselo al entregarle su camión. Sin Emilio en condiciones para manejar no tuvo de otra.

Él se enteraría después que los amenazaron con acusaciones legales por los daños que ocasionó y no quisieron arriesgarlo. También ellos entendieron, por la reunión que tuvo Mamá Aurora con Emilio la noche anterior, hasta donde había llegado la gravedad del problema y ambos optaron por alejar a su hijo del camino hacia la perdición en donde estaba encarrilado. Él era todo su querer, bien valía tomar tan radical decisión.

"No paré de aborrecerme por lo ocurrido cuando avanzábamos sobre la carretera, pero no arrepentido: ¡les puse una chinga a los hijos de su pinche madre!, ¡cuanto gusto tendría si lo hubieran visto Karina y las chicas de la banda!".

Y lo vieron, después de que él se fue El Mike y los amigos terminaron en el hospital.

Sin embargo, no dejaba de sentir rencor. Rencor contra todo y contra todos cada que venía a su mente lo sucedido y las circunstancias en que fue envuelto, hasta las calles y el polvo del pueblo parecían ser culpables de su sufrimiento; aún a Iris la visualizaba distante de su corazón. Pensó, "¡sí que estoy trastornado con esto!, pues, ¿todos ellos qué?".

Recapituló sobre lo ocurrido: conoció lo que había más allá de la noche, oscuridad, tristeza, tristeza, tristeza y un destructivo e íntimo sentimiento de soledad, de abandono, de frustración y de angustia, de ya no ser él mismo Emilio.

Despertaría al calor del mediodía muy adolorido. "Dios, ¿por qué nos abandonaste?, ¿por qué?, dame una señal, una señal ¡ahora!, pido a papá que detenga la marcha y regreso", rogaba por dentro mientras seguía recostado. Nada. Estiró el cuerpo, enderezándose pasó los brazos por sobre las espaldas de sus Viejos al mismo tiempo. Pero el pesar no amainaba y se preguntó: "¿cómo pudimos ser tan babosos?", sin dejar de ver fijamente a través del parabrisas el rojo atardecer casi a punto de morir bajo el horizonte.

Al irse él interrumpió el "paraíso sentido eterno" en que vivió. Lo sabía. A partir de entonces, reflexionó fríamente sobre sí mismo.

Jamás volvió. Jamás supo que pasó con Karina ni con su pueblo. Y realmente no pensaría detenidamente en ello hasta el día en que encontró a esa hermosa joven cuando, estremecido por el pavor, no pudo aceptar las emociones dentro de él desatadas: enloquecer de dolor sintiendo caer en un abismo, igual que aquella vez estuvo inmerso.

Luego, sin esperarlo, enfrentaría a un poderoso enemigo: Emilio.

CAPITULO VI

"… La explosión llegó estrepitosamente en un largo y trepidante resplandor, lloviendo, sin freno, elixir en caudales desde su manantial, bañándome el tronco y sumergiendo mi mullido pubis, muslos, rodillas y piernas en un líquido hirviente y fluido, chorreando al suelo; y yo a sus partes, pues lo vertido en cascadas dentro de Ella escapaban forzadamente entre las paredes de su envainada flor y la redondez de mi asta dándole reiteradamente hasta donde topaba, escurriendo por atrás empapando mi chaqueta puesta en lecho, que palpaba con la mano pues con ésta acariciaba por abajo su ocupada entrada. Seguimos por horas sin despegarnos, haciéndolo vez tras vez hasta casi desfallecer. Dormíamos, pero, al presentirla, yo despertaba y tomando fuerza del cansancio, ya embramado de nuevo por el deseo, reiniciaba y Ella respondía gustosa. Entreuntados, piernas con piernas, muslos con muslos, acomodada a mí, ajustada, metía el rostro en su sediento cuello y le daba de beber con labios y boca, luego volteábamos en contrario las caras para unirnos nuca a nuca y poder arrejuntarnos hasta más allá de lo posible; la remecía atrayéndola con la mano desde su espalda deseando esparcir las moldeadas y endurecidas montañas de su pecho dentro del mío. Levantándome con Ella en vilo cuál si fuésemos uno, con su cuerpo a horcajadas la senté sobre de mí, incrementando con esta maniobra hasta el doble la encarnación en su Ser. Entonces se le iluminaron los ojos al reanimarla mis vibrantes pulsaciones desde su fondo, regresándole el entusiasmo del placer. …"

"Las diagonales están cerca, ¡una esperanza!, ¡nada me detendrá!"

Posteriormente, Emilio se dedicó en cuerpo y ¿Alma? a completar estudios en la gran ciudad, donde se instalaron. Papá Isaac se olvidaría, obligado por las circunstancias, de la minería, dedicándose a trabajar por su cuenta en la fotografía comercial, un oficio que el tío Felipe, fallecido años antes, le enseñó de joven. Tenía su propio equipo, parte se lo había heredado el tío y la otra la compró de a poco cuando aún estaban en Río Escondido, quizá desde entonces pensando desligarse en un futuro del pesado y riesgoso trabajo de minero, por lo que le fue fácil empezar su nueva actividad. Emilio lo ayudaba y les iba bien, aunque a veces tenían algunos aprietos económicos. Sin embargo, sus padres lo apremiaban hasta el agobio para que siguiera estudiando, sabedores que era el único pasaje a lo que para ellos significaba prosperidad. Papá Isaac terminó la primaria y Mamá Aurora estuvo unos pocos años en la escuela, apenas suficiente para aprender a leer, escribir y hacer algunas cuentas; pero desplegaban prístina inteligencia, un sentido común extraordinario y, lo mejor: - eran muy querendones conmigo, su hijo; esto, en verdad, fue mi mayor aliciente, ¡lo juro! - afirmaba él.

Durante el séptimo semestre de Ingeniería en Electrónica y Sistemas en la Universidad, con gran esfuerzo y precariamente, Emilio instaló junto con algunos amigos, una ensambladora de computadoras, habilitando para este propósito el portal de su casa. Lograron expandir el negocio y tuvieron en unos años miles de clientes. Ellos mismos las vendían y arreglaban cualquier problema que hubiera en su uso. Unos años después ya exportaban sus productos y la empresa fue un éxito absoluto, Emilio era conocido en todo el mundo y se convirtió en multimillonario. Cien mil millones era el monto de su fortuna.

No fue un regalo, él trabajaba día a día sin interrupciones, festivos y fines de semana; seis de la mañana y sin hora de salida. Días planos *"en hermosos poemas continuos sin puntos ni comas guiones o paréntesis ni verso final"*; incluso dormía en el mismo lugar sobre las cobijas que Mamá Aurora tendía por las noches; una cubeta hacía las veces de mingitorio. Enterrado entre máquinas y cables fue su vida durante mucho tiempo. – Trabajas más que un judío -, le decía Papá Isaac, aludiendo al fervor con el que los Israelitas toman su forma de subsistir, – pero al menos ellos descansan un día - señalaba. Mamá Aurora lo expresaba coloquialmente: – trabajas como burro Mijo -.

Emilio trocó en la intimidad. Juntaba cada peso que caía en sus manos; que diga peso ¡cada céntimo!, y los recontaba por las noches. Objeto con algún valor material o utilidad lo atesoraba en su habitación, quizá compensando algún sentimiento de abandono, que sin duda llevaba consigo siempre. Mamá Aurora hasta se preocupó pues él nunca manifestó esa manía antes. – ¿Para qué guardas tantas mugres cosas? - le preguntó una vez ella, sin añadir más. Por otra parte, para completar el cuadro de frenético acaparamiento, él dejó de beber alcohol, totalmente, por considerarlo un gasto "innecesario". Pensaba estar cambiando una obsesión por otra. Pero con el paso del tiempo, acrecentada su fortuna, organizaba prolongadas y divertidas fiestas con sus amigas y amigos, retomando su gusto por el alcohol, la música y el baile.

Aprendería a negociar como un genio transformándose en un excelente vendedor, las estrategias de mercadeo las entendía y ejecutaba perfectamente de cabo a rabo. Casi terminando la carrera conocería a su gran amigo, él sí judío, Isacar, buen camarada, trabajador incansable y escrupulosamente honesto. Sus enseñanzas y habilidades sobre el manejo del dinero acrecentaron sin mucho riesgo la fortuna de Emilio. Son socios hasta la actualidad, pero él, sí, a diferencia, felizmente casado con Danaía, una hermosa joven de grandes ojos negros quien fue su secretaria en la oficina compartida en una de las primeras Factorías; ellos tienen tres hijos y mucho dinero ahora, mucho.

- ¿Cuándo verás el sol por la mañana con alegría, Emilio? -, le decía Isacar al encontrarle.

- Lo veo todos los días, querido Isa -, contestó él, mintiéndole descaradamente, pues bien sabía que Isa se refería a cuándo se juntaría amor de por medio con una mujer.

Emilio tenía muchos amigos o mejor dicho socios de negocios, con los cuales compartía intereses, pero pocas amigas. Sentimentalmente distante de las mujeres, a veces desplegaba un comportamiento misógino al grado que algunos se preguntaban si tendría afinidad por ellas. Ciertamente le gustaban hasta el exceso, pero de una forma en la relación que él creía era mejor, aunque sin duda no para las chicas pues su acercamiento era sólo con fines sexuales y, a lo más, aprecio. Casi a toda mujer bella de su interés la lograba seducir hábilmente, utilizando en forma sutil bonitos regalos si era necesario. Para ser franco, casi siempre echaba mano de regalos, aunque buscaba no pareciera importante el detalle y de esta forma evitarles alguna incomodidad.

- Salomé … -, en una ocasión así quiso comenzar a charlar bajo cierta intención poética con una chica de ese nombre por quien sentía particular atracción. Bajó la voz para que nadie, aparte de ella, oyera y creer así se engañaba y engañaba aún a su Dios; y sentir no rompía el íntimo compromiso contraído de jamás volver a hacer un poema. Tragó saliva dos veces y deshizo el intento y en eso quedó. "Salomé, … ni tu hermosura animarme a hacerlo pudo", meditaría luego.

De cuando en cuando venían a él recuerdos de Iris, inspiración pura y amistad sincera evocaba, extasiaba nomás imaginarla, pero aún a ella descartaba de su cerebro.

¿Emilio a sus 38 años y solo?, seguro a los demás les parecía extraño, raro incluso, con dinero, mansiones, lujos ¿y solo? Pero era inflexible consigo mismo, sin importar lo que pensaran los demás mantenía la misma conducta. - Me vale madre - decía, una expresión muy usual de cuando jóvenes cuyo significado es: "después, feliz la muerte puede venir", un extremismo verbal propio de esa edad.

Nadie, muy apenas su familia, sabía lo que le había sucedido. Es más, ni siquiera él estaba consciente de que aquél pasado distorsionaba su cotidiana conducta.

Mamá Aurora y los abuelos eran la única compañía hogareña y ella sufría de una enfermedad crónica. En realidad, Emilio andaba - "cómo perro sin dueño" -, recordaría las palabras de su madre cuando veía a alguien triste y apachurrado.

Entonces, él cambió.

Discretamente buscó acercarse a la hermosa joven que había visto en el Auditorio, tenía la leve esperanza de que una simple coincidencia estuviera jugándole una treta a su obsesiva y especuladora mente. Pero en el fondo no quería que solamente fuese esto, aunque, confundido por el pasado, los acontecimientos recientes y los efectos en él causados, no sabía ni la forma de abordarla; no obstante, intuyó que en su propio bien, ahí, por ese camino, debía de ir.

> *"Ven a mí,*
> *sutilmente,*
> *cómo los colores al atardecer*
> *enardeciendo de poco en poco …,"*

Lo escribió recordando una venida de Karina cuando la esperaba a la orilla del río.

Aunque fácilmente podría revisar el registro de aquella chica e investigar la situación desde la privacidad, prefirió verla personalmente, así debía ser, acorde a su dizque plan, pues ni plan tenía. Por supuesto que pidió el expediente al Gerente de Personal y al leerlo empezó a darse cuenta de quién se trataba. Al día siguiente la mandó llamar y ella se hizo presente en su oficina, al entrevistarla le dijo, mintiéndole en parte: - estamos haciendo una selección de colaboradores para que lleven cursos de avanzada y mejoren su desempeño, el salario, subir de puesto en la Compañía, ... Es un nuevo proyecto, en el cual estoy muy interesado en participar directamente, siendo yo el dueño, ... -. Ella se mostró muy receptiva y atenta a la propuesta. Mónica, la asistente de Emilio, les trajo café y galletas.

La invitó con un ademán suave a que se sirviera; se adelantó y él mismo lo hizo. Ella sorbió un poco de su taza, – que rico café - comentó después de saborearlo, casi con la misma voz acariciadora de ..., ella cruzó una pierna sobre la otra, lanzando una mirada hacia donde Emilio estaba y levantó un poco la barbilla. Él recordó a ..., ¿recordó?, ¡otra vez! Un signo de interrogación flotó en el aire. "Oh Señor" pensó, tenía la respuesta y la guardaba, no quería contestarla, pidiendo a Dios le diera fuerza para controlarse.

- Te examinaré, igual que a los demás candidatos, claro -, dijo a Arlette, que así se llamaba; le preguntó fecha y lugar de nacimiento (aunque ya lo sabía): - Río Escondido hace 19 años, el ... -. Emilio hizo cuentas mentalmente, "nació siete meses después de que salí yo del pueblo" y la frente comenzó a sudarle, pues pensó "no es coincidencia". – Nombre de tu madre -: - Karina ... -, dijo ella; su padre, Miguel ... "El Mike no la cuidó y la embarazó, al fin de cuentas al cabrón se la habían regalado", dedujo enojado.

Acabaron y le entregó un cuestionario anexo.

Los minutos transcurrían. En tanto Arlette lo leía Emilio detenidamente la miraba: era exactamente Karina, poco faltó para que él hiciera algo indebido cuando pasó por atrás de ella, cerca de donde estaba sentada, "¡abrazarla muy fuerte y nunca jamás soltarla!", pues por momentos dentro de su cabeza centelleaba aquella dulzura de Ella, "la infinita confianza que inspiraba su mirar de embeleso", que ahora percibía en esa muchacha. Nada sucedió. Aun así, no pudo evitar apareciera, como consecuencia del extravío mental, algo de humedad en sus ojos y un ardor explosivo le invadiera el rostro, sensación que, tal como llegó, desapareció rápidamente al reconcentrarse en lo que hacía.

Revisó las respuestas del examen; ella era inteligente, muy inteligente.

Emilio siempre había sido decidido y directo en el trato con los demás. No se andaba con rodeos, pero con Arlette sintió volver a ser un adolescente y daba "un paso adelante y dos atrás". Era la primera vez que no actuaba en un "problema" derechamente y hasta el fondo, sin titubeos.

Pensó que probablemente hacerlo de esta forma le saldría mal el asunto, aceptó era mejor manejarlo con delicadeza y que ella atribuyera el acercamiento por un motivo no relacionado a su parentesco con Karina, su madre, en el supuesto que se percatara de una cierta pretensión de él en Ella. En fin, sin ver por cual vía conducirse y, para acabarla de chingar, ni cómo, decidió seguir dando vueltas y rodeos, y actuar dependiendo según se le vinieran los hechos.

Después de una corta pausa, él habló, fingiendo desconocimiento: – ¿sí?, ¡qué coincidencia!, yo nací allá hace 38 años. Entonces, ¿tu mamá es Karina? Cuando yo era joven conocí en Río Escondido una chica llamada Karina, viéndote bien era igualita a ti. De hecho, supuse eran familiares el día que te vi en la Factoría, muy sorprendente fue para mí -. Y al decir esto, Emilio intentaba justificar la conducta tan anormal que tuvo y por poco, creyó él, lo delataba. Pero ¿de qué?, si esta chica nada sabía y seguramente ni recordaba los pormenores de ese encuentro. Prosiguió él, - cursamos juntos la Preparatoria y dejé el pueblo para terminar mis estudios en esta ciudad. Ella tendría, hum-m … -, haciéndole al tonto simuló calcular, - Ella 16 años y yo 17 -.

Durante la entrevista él mantuvo los ojos puestos sobre Arlette, la veía casi sin apartarlos, sobre todo cuando ella estaba entretenida con las hojas; escudriñaba sus reacciones, cuestionándose por dentro "¿qué pensará de esto?, ¿pareceré creíble?, ¿le habrán dicho algo?". Pero la verdadera razón de su desazón era que aún no podía asimilarlo, porque Ella, su misma imagen y modos, estaban ahí frente a él y "¡Dios, no podía acercármele cómo quería hacerlo!", gritó en sus adentros.

Al enterarse Arlette de que habían nacido en el mismo lugar, alargó el cuello mostrando gran interés. Por su actitud, a Emilio no le parecía que estuviera al tanto de la relación que él tuvo con su madre o, más bien, quería convencerse de ello a fuerza de repetírselo.

- ¿Qué fue de Karina?, Arlette -.

El corazón le latía desbocado al preguntar, hasta creyó que saldría de su pecho saltando y ella se daría cuenta. Queriendo aparentar tranquilidad y, a la vez, desapego en el tema y en la posible respuesta, se apuró a recolocar algunos cuadros del escritorio, pero después caían uno aquí y otro allá, luego torpemente los volvía a levantar y caían de nuevo, obvio reflejo de su ansiedad no contenida. Intentaba imbuirle confianza a Arlette y darle a entender que conocía bien a las personas con quienes emparentaba o él se relacionó y saber, a través de ella, de lo acontecido en sus vidas era de lo más normal. Por lo visto no salía lo esperado y se dijo, "estoy poniéndome en evidencia con tanto hacerle al pendejo, debo serenarme". Inmerso en su dilema interno, extremo y constante, sin otra opción siguió como "Dios le dio a entender".

Ella, sin querer, lo ayudó un poco al sincerarse: - fui cuidada por mi abuela desde los dos años de nacida. Mamá se fue a vivir con un hombre; supe mucho después que él no era papá …, ella y yo nos procurábamos a veces -. Karina seguía con las amigas de la banda. Arlette estudió lo básico en Río Escondido, deseaba ser periodista y ahora asistía a una escuela en la ciudad desde hace un año con este fin. Trabajaba en la Factoría Norte para mantenerse y apoyar sus cursos; vivía en un apartamento compartido con compañeras del trabajo. De su Padre desconocía el paradero, no estaba segura, aunque su abuela le platicó que, siendo él joven, había muerto en un accidente.

- ¿Y tú mamá siguió frecuentando a aquellas mismas amigas del pueblo? - recalcó Emilio, queriendo indagar detalles al respecto.

- Sí, nunca pudo escapar de su influencia; y en general convivía con personas que no le convenían, me dijo la abuela en una ocasión ya siendo yo mayor -.

- ¡Caray! -, respondió él con actuada incredulidad, al tiempo que aumentaba su inquietud conforme avanzaba la información. "¿Qué había pasado en realidad con El Mike?, ¿las abandonó y se fue con otra mujer y no querían que se supiera?, ¿por qué Arlette no lo conoció?", se preguntó.

- Recuerdo una chica, … Lorena, ella era quien lideraba ese grupo – continuó él.

- Sí, ella murió en un accidente de auto mientras conducía ebria - contestó ella.

- Eso es grave - dijo Emilio, poniéndose serio.

- Mamá se acostumbró a vivir de manera independiente o con algún novio; y trabajaba -, acabó Arlette con un dejo de tristeza en su voz.

"En ese momento, igual a estar frente a la representación de una obra de teatro, imaginé los sucesos en la vida de Ella después de que dejé el pueblo, tuve un invasivo sentimiento de desconsuelo y compasión. Miré mis piernas extendidas bajo el escritorio, cerré los ojos fuertemente y elevé la frente, reflexionando: siento esto por mí más que por Karina. ¡Sí! Una luz por dentro se encendió y abrí los ojos, iluminándose repentinamente la trascendencia de aquello en mí. Probablemente Karina con su vida económicamente difícil, inestable, desmadejada en sus afectos, prostituyéndose tal vez, era feliz o en el mejor de los casos lo desconozco, pero de lo que estoy completamente seguro es de lo que yo siento y he sentido todos estos años: una profunda infelicidad".

"¡En la madre!", así sellaba Emilio cualquier posibilidad de confusión al respecto. Se estremeció.

Esa sensación de abandono él la traía clavada en el pecho, aunque a veces la aturdía permitiéndose escapes sutiles al darle pequeños golpes bajos reviviendo intencionalmente la imagen de Karina. Y muy muy de cuando en cuando, oteaba el cielo en profundas inspiraciones al aire, pensando era el mismo que los cobijaba; o miraba el brillo del sol por las mañanas y el de la luna por las noches sabiendo que compartirían unos pedacitos de luz y de sombras, entonces así la acercaba, *"sentir que no te has ido, sentir que aún eres mía"*. Sin embargo, pronto desechaba esas emociones, ya sea por cierta tristeza dolorosa que venía junto con recordarla *"olvidar recordarte/ al recordar olvidar"* o por no entreabrirle la puerta, ni siquiera un tantito, a la posibilidad de ver socavada la entereza que él llevaba a todas partes y le daba forma a la pose de aplanador insensible y avasallante que mostraba a los demás.

Hizo esto a un lado y apareció ahora, claramente, una fuerte oleada de especial afinidad que lo llevaba hacia Arlette y se contraponía a ese desvanecimiento interior de "no ser él", en el que ahogándose andaba cotidianamente, impulsándolo a desear sostenerse en ella y por ningún motivo perder su cercanía.

Habitualmente su soledad era física, entretenida por reuniones laborales y de negocios, las fiestas financiadas por él mismo en su mansión o la cita con alguna chica; pero, cuando esto último ocurría, cualquier sentimiento que quisiera ir más allá por alguna de ellas, felicidad o incluso cierta afinidad emocional, al racionalizarlo quedaba al momento en vacío, en nada, se limitaba a la insustancialidad de un encuentro. Y sexo.

Emilio buscaba veladamente aquellas huidas mentales para ayudarse a sobrellevar más o menos la vida. Sin querer queriendo a Ella la conservaba, aunque añejando los recuerdos en la distancia y en sus mal escondidos sentimientos.

> *"La luna nos esconde en sombras de fuego*
> *abriendo ocultos deseos.*
>
> *Viento frío envuelve*
> *y restriega los cuerpos que tiritando despiertan.*
>
> *La lluvia mezcla sudores con lágrimas,*
> *duele el sabor a sal.*
>
> *Dios ilumina las Almas,*
> *eleva los pensamientos*
> *y los lleva en tormentas a encender sueños*
> *de colores.*
>
> *El sol por la mañana*
> *¡alegra los corazones!"*

- "No hay fe, no hay sentir" -, la abuela Rebeca.

Pero ahora esas emociones estaban presentes y Ella también, en vivo y a todo color, en un delirio que iba de él y venía a solo tres pasos. Y no hallaba qué hacer.

Consciente ya regresó a la realidad de la reunión y miró a Arlette, rebuscó en su interior una intención sexual por ella, sin encontrarla. Más bien era un cariño juvenil igual al que tuvo por Iris. Deseó invitarla a leer los poemas que había inspirado Karina, a quien no le atraían – porque no los entiendo bien -, decía justificándose;

aunque algunos le divertían, le emocionaban y hasta la excitaban durante sus encuentros pasionales, pero justo es decir que Emilio nunca logró retuviera un interés en ellos. No obstante, para él, que el gusto de Ella por su poesía fuese "por un ratito", era suficiente.

La verdad, como todo lo relacionado a esta inesperada y nueva situación, no sabría cómo encaminar eso de los poemas con Arlette; además, algunos eran abiertamente explícitos sobre el cuerpo de su madre y la intimidad que tuvo con Ella y, a su edad, sin duda le parecerían atrevidos, incluso demasiado eróticos:

> *"A cada paso,*
> *con ritmo,*
> *sus pechos saltan hacia mí*
> *sin pudor ni miedo,*
> *henchidos de placer al verme*
> *desesperados se agitan ondulantes,*
> *urgiéndose a mis manos llegar y reposar. ..."*

De Karina escribió después de observarla acercarse presurosa a donde la esperaba. Otros se referían a sus deseos, sueños, aspiraciones, miedos, lo que él sentía por aquella su amada novia.

Aunque por una razón ridícula sí le atrajo leerle a Arlette su poesía: creer que sería Ella quien los oiría y así regresaran sus sentidos a la normalidad ¡y volviera a quererlo cómo lo quiso! ¡Vaya tontería! Totalmente fuera de lugar y tiempo, pues, además, hubiese sido darle a conocer, así como así, esos poemas sin una lógica para ella, evidente imprudencia por las posibles consecuencias: el rápido alejamiento de Arlette. Esta posibilidad lo amedrentó y definitivamente lo descartó. La cabeza de Emilio, ¡o-o-t-r-a vez!, fue inundada de absurdos y confusiones, de irracionalidades y locuras. Finalmente susurró: - una vez más debo serenarme, mejor es ir paso a pasito meditando bien lo que haré - retomando la "estrategia de acercamiento" de cuando conoció a Karina.

Antes de terminar le indicó: - Nos da gusto que aproveches esta oportunidad, Arlette, ... Se te avisará la fecha de inicio del curso, ... -.

- Sí -, respondió ella quedamente. Luego se levantaron y la saludó de mano reteniéndola un poco, queriendo así mostrarse amistoso y afable. Se dirigieron a la puerta, él la abrió y ella, aunque sonriente, se retiró mirándolo por unos segundos con extrañeza "abriendo grandes sus ojos luminosos", tal como lo hizo Karina después de que osadamente le ordenara, al final del primer día de clase: - ¡nos vamos! -.

En cierta ocasión, antes del rompimiento, analizó porqué Karina tenía una actitud de rechazo a lo que él escribía. No eran malos los versos, quizá algunos más o menos simplones o ingenuamente amorosos, pero provocaban emociones en quienes los escuchaban o leían, hasta las lágrimas se conmovían algunos, lo había comprobado incontables veces. Por supuesto, era en aquél pueblo donde Don Camilo afirmaba: – la gente tiene el corazón tan grande que alguien al pasar inevitablemente lo roza y lloran -. Llegó a la conclusión que tal vez sus padres le aconsejaron que estaba muy tierna para entregar su Alma e, inconscientemente, evitaba a toda costa conmoverse con los poemas. Algo así de "no dejarse lavar el coco" por aquellos que le prometieran "bajarle el cielo y las estrellas", porque después harían con Ella lo que quisieran. Sin embargo, quizá extasiada por el amor y el contacto físico y emocional, mucho la excitaba él le dijera algún fragmento de poema en su oído cuando hacían el amor.

Emilio se sentía confundido al respecto, conoció a Karina muy bien, por lo que parecía ilógico si alguna certeza había en sus conjeturas de "no dejarse". Ya Ella lo amaba perdidamente, dándose a él todita toda, ¿qué más podría faltar le diera o hicieran?, "tenerse para siempre", razonó. Sí. Sin duda sus padres querían evitar que se les fuera precipitadamente y cometiera un equívoco al elegir con quien casarse. O darle una señal al decirle: - diviértete antes de un compromiso, pues joven eres -.

Sea cual sea lo que movía su desinterés en lo que Emilio escribía, a la luz de lo que se enteró él ahora, se preguntó "¿el camino que eligió Karina le resultó bien?: se embarazó de alguien, El Mike, a quien probablemente ni le importaban, terminaron separándose, dejó a su hija en crianza con su madre, la abuela de Arlette, Ella se apartó a vivir sola en otra casa llevando una vida con los hombres aparentemente plagada de inestabilidades e incertidumbres, puede ser que hasta de enfermedades. ¿Estaba tratando Karina con esta conducta encontrar impetuosamente aquel sentimiento de amor, confianza, atracción y sincero deseo, que juntos tuvieron, multiplicando inadvertidamente una vida fútil con sus parejas?". Emilio no lo sabía y hasta era posible que Ella, a su modo, fuera muy feliz viviendo así.

La realidad, de sí mismo, él si lo sabía y lo estaba haciendo, muchas mujeres y sexo, buscando al menos en una lo imposible de darse: Karina, a quien, para empeorar su patética y vaga condición, inconscientemente evadía recordar. Por donde Emilio se viera estuvo frito.

En todo caso la única diferencia fue el espacio futuro en el que cada uno, por su lado, se desenvolvió; lo decidido en él y ciertas habilidades, Papá Isaac, Mamá Aurora y su incansable aliento, llevaron a Emilio a ser económicamente muy solvente. ¿Fue una compensación a su sentimiento de abandono la motivación para acumular tanta riqueza?, ¿o un afán de cubrirse financieramente por si enfrentaba posibles necesidades futuras si regresaba?, ni las preguntas, menos las respuestas, estaban aun en su mente.

"¡Tengo ganas de llorar! ¡Cuánta falta hizo la ayudara o nos ayudáramos!", pensó; con fuerza cerró los párpados apoyando su mano en la frente agachada y, en un quejido conteniendo, lloró. "Porqué, ¿qué diferencia hay en mi vida con la de Ella?, ninguna, el mismo sufrir, el mismo dolor y eso suponiendo que Ella los tuviera, parte por parte fuimos iguales. Ni dinero se necesita para sobrellevar las penas, si acaso para aparentarlas ante los demás, pero no más", se concluyó él.

– "Para olvidar, una pinta de sollate se consigue donde sea" -, aseguraba Josefo.

"Muy solita la paloma arrulla herida,
acurrucada al borde del vacío nido,
viendo al suelo a su pichón caído
y al cielo la esperanza ida."

De un triste poeta nacido en Río Escondido llamado Emilio. "¿Por qué dejaste a Arlette, Karina?", dibujó mentalmente la pregunta.

Apropiadas estas rimas, también, para evocar la angustia provocada en él cuando Ella lo abandonó aquella tarde y acarició por última vez, empecinadamente, su cabello, en una forma de decirle "no me dejes".

Con coraje se golpeó la palma de la mano varias veces con el puño y suplicó para sí desesperado: "Dios, ten piedad de mí, ¡regrésame en el tiempo ahora!, ¡¡ahora!!".

Nada pasó.

Ciertamente habían seguido, emocionalmente al menos, sendas similares.

– "Si manipulas el destino errarás" -, refería el abuelo Juan Jacobo.

Le llegó otra frase de Mamá Aurora: - "nunca un hijo es error" -. Caviló Emilio, "¿es acierto Arlette?, sí". Al verla lo confirmaba.

Lo que sucedió después lo sorprendió. Absolutamente.

CAPITULO VII

"… Queriendo mantener por siempre la fusión, viéndonos al rostro, aún sin creer posible las dimensiones de la felicidad que disfrutábamos, sueltos, juntos, quedamos, yaciendo lado a lado igual a dos gajos de naranja a medio separar. Un rato después, que fue plácidamente eterno, fijé en sus ojos los míos y sentí estar saliendo de un trance, reconociéndola de pronto, teniendo ahí clara la magnitud de lo que habíamos hecho. Cándidamente, sin dejar de estar en Ella, le acaricié el cabello intentando peinarla con los dedos y arreglarle a su lindura, aunque solo fuera por encimita, los desperfectos causados por culpa de mi apasionado arrebato para que nadie, al regresar al pueblo, pudiera al verla sospechar lo sucedido. Karina lloró suspirando intermitentemente y le temblaban los labios, sin poderme contener y sin saber qué otra cosa hacer para consolarla, lagrimeé también un poco, abrazándola desde atrás del cuello con una mano y de la cintura con la otra; Ella gemía y hacía bus de llantos mientras yo me restregaba sutilmente plegado sobre su cuerpo. Así se tranquilizó. Ahuequé el pecho para abarcarla en cuerpo entero y Karina, captando la intención, envolviéndome con sus manos de la espalda, me agarró arañándome a diez uñas, hundiéndose lo más en sí misma, emitiendo aes guturales breves con la boca abierta mientras agitaba las piernas al aire *como si quisiera escalar al cielo conmigo anclado en Ella desde hasta sus adentros. ..."*

"Sin ti, yo ya no soy yo."

Pasaron días y noches y las emociones repicaban dentro del cerebro de Emilio en campanadas crecientes:

> *"Déjame verte, sentirte,*
> *que el sudor impregne los pensamientos*
> *y provoque a la ansiedad*
> *para que domine los sentidos,*
> *¡hasta hacerme estallar la mente!"*

Escribió en ese entonces de Karina cuando acariciaba al tiempo para estar juntos.

Al siguiente mes Arlette acabó el entrenamiento. Él estuvo pendiente de ella a través de algunos empleados de confianza, pero no volvería a encontrarla hasta un afortunado día de febrero, por coincidencia *"frio; y cálido al verte"*, recordó su antiguo dicho.

La vio sin buscarla, ¿o sí?, agitó el brazo en lo alto dirigiéndolo hacia donde ella andaba, quien volteó y sus miradas se cruzaron, él la invitó con la mano a acercarse. Arlette se había cambiado la ropa de trabajo y vestía casual. Se veía hermosísima: falda al vuelo de color guinda con flores bordadas en amarillos que entre ellas dejaban traslucir su espléndida figura, blusa blanca de manga larga abotonada y zapatos entretejidos de tacón mediano también guindas.

- Hola paisanita -, dijo él coloquialmente al acercarse ella, queriendo así verse informal, también con este propósito había dejado el saco y la corbata en el auto. Y por primera vez sonrió cómo un niño, igual que hace 20 años.

La saludó besándola en la mejilla, tomándola por dentro de su muñeca en lugar de la mano, deslizando enseguida los dedos a lo largo de su antebrazo hasta llegar al codo, para desde ahí sujetarse y acercarla, un signo de singular afecto que a nadie mostraba (sólo a Karina en la intimidad, les gustaba acariciarse la parte interna de los antebrazos, apoyando simultáneamente manos en codos y esto nadie, más que ellos, lo sabe). La invitó a cenar, con el mismo atrevimiento que tuvo con Karina cuando, por un momento, perdió él su cotidiana timidez al verla caminando *"contoneándose todita"*.

Sin soltarla y viéndola a los ojos le dijo, - quiero que sigamos conversando de los amigos y de nuestro pueblito que jamás he vuelto a ver …, ahorita, si puedes, o mañana. Bueno, quizá sea aburrido para ti -. Habló fingiendo una postura de desgano, pero interiormente implorando que aceptara.

- ¡No-o-o, que va!, ¿aburrirme?, los únicos recuerdos en mi vida son de Río Escondido. ¡Vamos!, ahora está bien -, con frescura y confianza contestó ella risueña.

Arlette se subió al coche con ayuda de él y de Fernando, quien les abrió la puerta, acomodándose en el asiento trasero, exhibiendo ella cierta coquetería al moverse. Y partieron.

Ya completamente despabilado de la distracción emocional que lo sobrepuso unos minutos antes, pregunta: - el arroyo, ¿sigue seco? -, - tan seco como el desierto, tres o cuatro meses lleva agua y a veces ni eso -, apuntó Arlette. Había preguntado para iniciar el paso, pues él bien enterado estaba.

Pero, otra vez, mientras avanzaba el coche, recordar aquello dominó su pensamiento.

> *"Te he buscado,*
> *de día,*
> *de noche*
> *y no te encuentro.*
> *Canto, canto,*
> *pero solo el silencio del horizonte desierto*
> *responde.*
> *No pregunto,*
> *¡canto!, ¡canto!;*
> *y a veces*
> *¡grito desesperadamente!"*

Emilio amaba el desierto y lo escribiría después de oír, y sentir, el significado que tenía el bello canto de un pájaro Cenzontle macho que a la abuela Rebeca le habían regalado y conservaba encerrado en una jaula de alambre en el pórtico de la casa.

Quería atraer a su hembra, inútilmente pues estas aves no son de la región y sería casi imposible que alguna pajarita escuchara su pedido. Invadido por la angustia del pajarraco, una tarde lo liberó y el Cenzontle voló a su libertad. Y este siguió cantando en las inmediaciones de la casa por meses, de día y de noche, de seguro hasta morir, pensaba Emilio, "ese pájaro nunca se rindió o perdió la esperanza, aunque su canto fuese en un desierto; *"porque Tú estás ahí"*, sin preguntar ni esperar respuesta, cantaba".

"¿Hice un desierto propio? ¿Todo el tiempo mi conducta ha sido un grito desesperado? ¿Fue igual a la del Cenzontle mi esperanza de recuperarla luego de la separación? ¿El canto mío, si es que lo hay, es, a diferencia, burdo y odioso, estéril para atraer al verdadero amor? ¿Cargo entonces una herida abierta en el pecho que todas ven y solamente compasión les causa?". Las preguntas asaltaban una tras otra a su mente.

"¿Canto inútilmente?", comparó. "¡No! Debo cambiar el tono y el lugar donde lo hago, es la clave", inquietado se dijo rápidamente.

Pensándolo bien, andaba con rodeos con todas ellas y las trataba superficialmente, "sin descubrir su corazón", porque tenía miedo. Sí, miedo a que vieran en el fondo su sufrir y les pareciera débil. El esfuerzo para esconder las penas, tan profundo que ni él mismo pudiera verlas, marcaba su forma de ser. Cualquier sentimiento de acercamiento emocional hacia alguna mujer lo disipaba o lo desviaba convirtiéndolo en sexo y alcohol o diversión y baile. No ahondaba, por supuesto, en los sentimientos de las damas, una actitud defensiva que evitaba el riesgo de enamorarse y caer en lo que no quería caer.

"¿Es Arlette el principio para encontrar luz en mi camino?", solo se preguntó y solo se contestó: "si es así, Señor, espero hacer lo correcto y cumplir con Tú Mandato".

Continuaron la conversación: - ¿La tienda de Doña Nicanora, la cantina de Josefo, aún están allí? -.

- Cómo si el tiempo no hubiera pasado; ellos ya murieron, Doña Nicanora de vieja y Josefo se casó con Alicia y murió de borracho -, contó Arlette. "¡Alicia y el niño!, su canto y el baile funcionó con Josefo", feliz rememoró.

– Él tenía buenos dichos, para toda ocasión, nadie en el pueblo le ganaba una -, explicó él. Y siguió: - Iris era exquisita y alegre; Queta inocente; Lorena muy loca; Elías muy centrado; … -; y de corrido fue mencionando y comentando de quienes se acordaba. "¿Y Karina?, ¿por qué no hago referencia a Ella?, debo hacerlo si no sospechará de mi", infirió. Por fin lo hace: - tu mamá llegó cuando cambiaron ahí a su padre, tu abuelo, él era asesor de la Compañía Minera, … -.

- Sí, ahí se quedaron -, confirmó Arlette.

- Muy hermosa Karina, todos la pretendíamos -. Calló entonces, después de decir esto, pues no podía hacerse por más tiempo el desentendido.

Llegaron al restaurante. Tratando de verse jovial se desabotonó la camisa de arriba y bromeó - si nos ven tus amigos y preguntan por qué andabas conmigo a estas horas, diles: saqué a cenar al abuelito -.

Rio ella, igual a Karina, risa aguda, alegre y contagiosa. Arlette no olía a rosas o gardenias, pero emanaba un perfume suave y dulce.

Unos tragos de tequila y a Emilio se le dislocó la lengua. – Pocas veces tiene uno la oportunidad de revivir viejos tiempos -, comentó, - discúlpame si te trato propasado de confianza -.

- Descuide, se siente bien que en un lugar tan grande como esta ciudad encuentre a alguien que comparta algunos recuerdos y, si es usted ¡quien lo imaginaría!, ¡mi jefe!, mejor aún -.

- Gracias Arlette, por ser tú - dijo, mientras la miraba un poco abobado por su lindura. Caviló "¿le cuento lo que sucedió o no?, ¡mejor no!", de inmediato se arrepintió, "le pediré que salude a su madre cuando tenga oportunidad y quizá ésta le platique y así no me veré buscando algo de Ella o descubriéndole mis secretos, lo que podría ser embarazoso". Y verdaderamente lo único que quería era la compañía de Arlette, pero no pudo evitar preguntarse: "¿para suplir a Karina?". Y se reviró evadiendo chapuceramente darse la respuesta correcta, "ella me agrada, nada más".

Emilio quiso alentarla. Le informó que por acuerdo del Consejo de Administración a todos los empleados que hubieran completado el curso de desarrollo tendrían días de vacaciones extra, previo a asumir su nuevo puesto, - podrías aprovecharlos para visitar a la familia -, le sugirió, reiterándole diera saludos a su madre.

Terminaron de cenar. La noche era joven. Subieron al auto y la llevó a su apartamento, al llegar bajaron y la acompañó a la entrada. Se despidieron cordialmente. Ella esperó afuera bajo el umbral de la puerta hasta que Emilio abordara y Fernando arrancara el auto, agitó su mano en señal de despedida. "¡Qué esbelta se veía bajo la blanca luz del farol!".

> *"Envuelta por luz de Luna*
> *en claro capullo de tenue brillar,*
> *tu cuerpo,*
> *encendido,*
> *parecía flotar."*

Su imagen le recordó a Karina y el verso que le escribió, cuando la vio en el jardín de su casa una noche clara de luna llena.

El chingazo que recibió luego no lo esperaba, él mismo se lo dio.

CAPITULO VIII

"… Estremecidos por el remanente del desmesurado esfuerzo, jadeantes para llenarnos pronto de aliento, volvíamos. Me enderezaba sobre de Ella en los interludios y recorría cada una de sus partes, alternando labios, lengua, manos, brazos, pecho, muslos, entrepierna, con lo que podía friccionarle pies, piernas, muslos, caderas, espalda, pechos, cabello, rostro, lo hice; y Ella a mí, con su boca, lengua y manos recorría, chupaba, pellizcaba y mordía todo lo que yo tenía. Besaba con su cuerpo a mi cuerpo y a bocanadas de manos, brazos, pechos, caderas, vientre, muslos, pies y piernas, engullía el mí completo, queriendo meterme en Ella de un solo trago envolvente o fragmentándome en océanos encrespados de lágrimas y voces al hacerlo. Las palabras desde nuestros labios, cuando no ocupados estaban, caían lentamente a los oídos como el rocío al seco césped haciendo crecer y subir al infinito las excitaciones, provocándonos multiplicados apetitos indescriptibles. …"

"¡Como quisiera no quererte! Pero no puedo."

Acabó el invierno y los negocios de Emilio iban en ascenso. La vida transcurría rutinaria o aparentemente rutinaria, porque algo desde su interior lo había transformado y no podía ni quería regresar a ser el de antes. Por las noches, cuando no podía dormir ni aun bebiendo alcohol hasta muy tarde, recitaba poemas en voz baja y por arte de alguna magia conciliaba el sueño.

Era de esperar que en el ambiente cercano notaran el cambio, pues él estaba rebosante de una animosidad que pródigamente desparramaba, iluminando los rincones de su alrededor, que antes parecían sombríos y tristones. Por supuesto, no faltaron los rumores.

En una reunión coincidió con Isacar, quien le dijo: - por fin terminó el tormento Emilio, ¡ahora ves salir el sol por las mañanas con alegría! - .

- El tormento nunca acaba Mí Hermano Isa, solo se pasa de uno mayor a otro menor, que es diferente -, contestó él. - ¡Tienes razón! -, exclamó Isa.

Claro que su buen amigo no conocía, ni nadie, o al menos eso creía Emilio, detalle alguno de Arlette. Y de Karina menos.

- El día que me veas sonreír cómo un niño estaré enamorado más no des atormentado -, acabó diciendo Emilio.

Tres semanas pasaron desde la comida en el restaurante con Arlette. De nuevo la veía al salir de la Factoría, donde ya ella era Supervisora de Ensamblaje gracias al ascenso por el entrenamiento recibido. Bajó del auto, la saludó de lejos y se acercaron. La observó con un semblante serio, inquietándolo un tanto, pero ella mostraba ahora una mirada luminosa.

Queriendo verse despreocupado Emilio le preguntó, - ¿Qué tal tus días de descanso? -, sin esperar a que ella respondiera la invitó de nuevo a cenar, - hoy, u otro día si prefieres, pero siempre es bueno saber de inmediato que dicen los viejos amigos después de tantos años de no verlos -, tratando de esta forma presionarla un poco a que accediera.

- Mañana -, dijo secamente ella, viéndolo al rostro. Mientras se despedían él volvió a hablar, - paso por ti Arlette, ¿a las siete te parece bien? -, asintiendo con la cabeza ella aceptó, retirándose hacia sus amigas, que la esperaban a cierta distancia.

Lo abordó una idea: "¿sabrá la verdad?".

A la noche siguiente ahí estaba él en su limusina frente al departamento de Arlette, diez minutos antes de las siete. Ella salió a tiempo encaminándose al auto, Fernando le abrió la puerta, saludó y se acomodó al lado de Emilio en el asiento trasero; sentados se acercaron dándose un corto beso en la mejilla. Brillaba con un vestido negro entallado apenas corto y el cabello lo traía suelto y ondulado. En el trayecto se veían y sonreían.

- ¿El pueblo, Arlette? -, preguntó él apenas llegaron a la mesa del restaurante.

– No hablé con mamá, pero si con la abuela, me contó que fueron ustedes novios -.

- ¿Sí?, ¿y lo que pasó? -, adusto se puso él al decirlo.

– Algo, que usted le hacía poemas y a ella no le interesaban mucho -.

"Parecía desconocer lo acontecido, ¿o lo ocultaba?", pensó él, y dijo luego, - ¿te gustaría oírlos? – y ella respondió lo que él muchas veces había acariciado: – si -, sin que pareciera importarle.

- Bien. Nada me encantaría más que después de 20 años Karina a través de ti oiga los poemas que inspiró -. "¿Qué inspiró?, ¿a través de ti?", Emilio regresó mentalmente al comentario, pues le daba a Arlette indicios de lo ocurrido, pero no se detuvo en este.

Continuaron amenos; pasaron las horas hablando de esto y de aquello, ambos muy alegres. Después de cenar ligero él bebió largos tragos de whisky con hielo, que el mesero se apuraba a servirle en otro vaso tan pronto él se lo terminaba. Emilio esperaba así calmar su ansiedad, pero en lugar de ello ésta iba en aumento.

Vívida la imagen: el rostro, la sonrisa, el cabello, su hablar, vio a Karina sentada frente a él.

"¡Cómo quisiera no quererte!,

Pasó un ratito. Centró la mirada en los ojos de Arlette y confundido por los efectos del alcohol y la figura de Ella clavada en su mente, u otra razón incomprensible, aunque sin duda relacionada con su perturbado estado emocional, precipitadamente dejó los cubiertos sobre el plato levantándose de su asiento, viéndola fijamente la separó bruscamente de la mesa con todo y silla sin darle a Ella tiempo de reaccionar, hincado se arrojó sobre su regazo desbordado en llanto. Ahí se quedó, acurrucado, apretado a sus piernas; irguió el torso para verla al rostro y la expresión de sorpresa y asombro era evidente y manifiesta en Arlette. A partir de ahí los hechos se desarrollaron muy rápidamente: la tomó de las manos llevándoselas por atrás abrazando sus caderas y hundiendo el rostro en su vientre dejándola indefensa y a su merced, la rodeó atrayéndola a él vigorosamente con manos y brazos desde atrás de la cintura, forzándola a recostarse y a abrir sus rodillas e inevitablemente metió su cuerpo entre el de Ella, gritando fuerte - ¡Karina!, ¡porqué me dejaste!, ¡porque te fuiste!, ¡porqué me dejaste!, ¡porque te fuiste si tanto te amaba!, ¡porqué me dejaste, porqué te fuiste!, ¡¡porqué!!, ¡¡porqué!! -. Repitiendo estas palabras incesantemente levantaba la cabeza por un instante, luego la resguardaba y la volvía de inmediato a subir para verla, diciéndole lo mismo, como sí temiera que Ella desapareciese si no la miraba, al tiempo que la movía frenéticamente sin poder controlarse.

Arlette, con los ojos desmesuradamente abiertos y húmedos, mientras luchaba por soltarse de él, apoyando sus pies en el piso para impulsarse hacia atrás en un esfuerzo inútil por enderezarse pues Emilio la tenía tenazmente fija, y asustada como estaba, exclamó: - ¡fue el destino, fue el destino, fue el destino, fue el destino! ¡¡Fue el destino-o-o!! -, resonando estas palabras con todo lo que daba su aguda voz.

Él se detuvo, la miró de frente y sin levantarse murmuró, - ¡oh, Dios!, ¡Dios!, ¡ayúdame, ayúdame por piedad! -.

Sollozando ella aprovechó la pausa y liberó una de sus manos, la alargó hacia el hombro de Emilio tocándolo levemente, pensando ingenuamente que así lo tranquilizaría y él regresaría a la realidad.

El mesero después de escuchar la escandalera se acercó a ellos y preguntó: - "¿se siente bien señor?"-.

Emilio volteó a verlo pareciendo no reconocer la razón de su pregunta, luego alrededor a los comensales; sin dejar a Arlette viró a verla y Ella a su vez veía al mesero como implorando ayuda. Los demás estaban atentos a lo que acontecía y alarmados algunos se levantaban. Él, incrédulo, se percató de lo que había hecho, miró abajo y su cuerpo estaba entre el cuerpo de Arlette quien casi horizontal, forzada a tomar esa posición por el ímpetu de sus acciones, tenía el vestido desplazado hacia arriba mostrando completamente sus blancos muslos y parte de la ropa íntima. Ella tampoco se explicaría en ese momento los motivos del fuerte desvarío de su jefe, su actitud de "no entiendo" lo reflejaba. Enconchada, su cabeza y cuello apenas inclinaban en el respaldo de la silla e inmóvil se agarraba firmemente descansando los codos en los bordes del asiento, temiendo, por la jaladera de Emilio, caer al suelo.

Emilio en su mente había puesto en Arlette a Karina y el cúmulo de ansiedades que ocultó por tantos años en un instante explotaron e hicieron erupción.

De nuevo él se refugió llorando en el regazo de Ella, pero el mesero lo tomó del brazo con la intención de auxiliarlo y él reaccionó comenzando a levantarse; mirando a Arlette la soltó y se separó, cuando lo hacía bajó su vestido estirándolo discretamente con las puntas de los dedos. Ella tardó en retomar su posición pues, aterrada aun, no dejaba de observar cada uno de los movimientos de Emilio quien se limpiaba con la servilleta que el mesero le había dado. Mientras ayudaban a Arlette a acomodarse en su lugar, él acercó su silla y tomó asiento, arrellanándose despacio, adoptando una postura de extremo desaliento y, en silencio, fijó sus ojos enrojecidos en Arlette, que casi sin parpadear tenía los suyos rasados en lágrimas, sobreexcitada por haber participado, obligada por circunstancias fuera de su control, en ese imprevisto, escalofriante y repentino acto. Le temblaba la barbilla y hacía pequeños pucheros en su carita roja carmesí, en tan fuerte tono como no había visto él a nadie.

- Lo siento mucho, lo siento mucho Arlette -, dijo Emilio varias veces, disculpándose.

Luego él llevó los brazos hacia ella sobre la mesa; viendo su intención Arlette lo secundó ofreciéndole a la vez sus manos, posiblemente guiada por el afán de en algo contribuir a consolarlo y atenuar su aflicción, él las encerró entre las suyas y enseguida, con palabras suaves y amables, lo mejor que pudo dada la tensión girando aun sobre ellos, le contó todo: el infinito amor por su madre, la pasión por la poesía que en gran parte Ella inspiraba, el inesperado rompimiento sin nunca saber él la verdadera razón, las semanas de borrachera, la golpiza propinada a los amigos en aquella descarga de furia inmisericorde, la huida de Papá Isaac y Mamá Aurora cargándolo literalmente a rastras. El abandono de lo que para él significaba su vida, la poesía, los amigos, el pueblo, ¡Ella!; de la llegada a la gran ciudad y su frenética carrera. No dejó parte alguna en el olvido. Le dijo lo afectado que estaba desde que la conoció y reconoció en la Factoría, ya que a partir de ese preciso momento vislumbró la importancia de aquel pasaje a lo ocurrido en su futuro. Tenazmente buscó la felicidad, sí, pero no con Karina, pues Ella era un recuerdo tan escondido que ni él mismo lo veía; ni ahora con ella jovencita, por quien sentía solamente un íntimo cariño parecido a la amistad. Su impetuosa obsesión por obtener y acumular dinero y bienes sin él tener en claro el por qué; y las fiestas y las amigas sin un fin significativo. Todo un empeño en vano por encontrar esa felicidad, que inconscientemente tanto anhelaba, pero él mismo la obstaculizaba.

Arlette comprendió muchas cosas y puede ser que ahora entendiera mejor la vida azarosa de su madre.

La herida que traía Emilio, visible para todos menos para él, él mismo se la había hecho: su temperamento, la inmadurez juvenil, la salida fácil, el alcohol, la autocompasión por el abandono y el sentimiento de despecho y desenfreno, lo dominaron. Forjó entonces una especie de escudo protector contra nuevos daños pero basado en el propio engaño.

"Debí haber lidiado mejor con esa etapa", meditó Emilio. Imposible fue para él. – "Lo que quieres no es lo mismo que lo que puedes, mucho menos lo que debes hacer" -, decía la abuela Rebeca.

Era un tajo profundo en su pecho, pero estaba convencido que con el tiempo iría sanando. Lo principal era que la felicidad había empezado a llegar. Sus miedos y esa inexplicable incertidumbre interior habían desaparecido.

¿Fue el destino?, como dijo Arlette. ¿Cuánto contribuyó, o no, aquello para hacer lo que después él hizo? Lo cierto es que había buscado rabiosamente lo material que tenía. ¿Porqué? ¿Cuál era el sentido? ¿Se preparó, sin entenderlo aún, para algo venidero? ¿Subyacente en él estuvo aquél último - "te quiero, te quiero, ¡te quiero!", …-, escuchado por el teléfono de los labios de Karina, lo que lo motivó a esforzarse y acumular una riqueza enorme tras sentir que alimentó con esas palabras su esperanza? Emilio creía no poder saber esto jamás. Quizá, algún día, una respuesta relucirá.

Lo que él si sabía es que debía hacer las paces con su Dios y corregir, en lo posible, las faltas cometidas. Lograr le perdonaran quienes había dañado, molestado u ofendido.

Cómodamente relajados, tomaron del agua fría que el mesero a cada uno les había servido. La borrachera de Emilio se fue y sonrió, ella también lo hizo y soltó unas disimuladas risitas espasmódicas viendo hacia abajo, tapándose los labios con la mano; él la siguió y de pronto juntos prorrumpieron en sonoras risotadas, esas que afloran cual torbellinos liberadores después de pasar por una severa crisis, igual a la que ellos vivieron. Arlette lo veía y reía, lo volvía a ver y volvía a reír, continuamente sin lograr parar, tal vez al acordarse del drama o de la cara de Emilio minutos antes o de su miedo. Y él, acompañándola, tampoco dejaba de carcajearse.

- Perdóneme, no me estoy burlando -, indicó ella negando con una mano, pero sin dejar de reír y hasta haciéndolo más fuerte, enrojecida y cubriendo inútilmente sus labios con la otra mano.

– Sé que no es así y no tengo nada que perdonarte Arlette, por el contrario, ¡te asusté!, pero fue incontrolable, mi cerebro fue engañado por el alcohol permitiendo que me cayera una avalancha de recuerdos y emociones que alteraron lo que veía y percibía, provocando lo sucedido -, concluyó.

Emilio pagó la cuenta, se levantaron y él observó al mesero viéndolos como preguntándose: "¿estarán ensayando para una película estos pinches locos?".

Salieron a la calle, hacía una noche fresca y despejada, un viento suave corría. Rieron al verse a la cara y se carcajearon al ir caminando.

"¡Oh!, en ese instante, exactamente, volví a ver el mundo que me rodeaba con una lucidez extraordinaria, embebido por sentimientos tan profundos iguales a la más pura felicidad de cuando fui joven: la brisa se vaciaba sobre mi rostro alisando a golpes de aire el cabello y enfriando el sudor del cuello, ocasionándome un placer intenso que abrumaba cualquier desolación que en el interior tuviera, haciéndola desaparecer. El olor a tierra y pasto húmedos, la blanca luz de las farolas regodeaba brillosa en el piso y la de las estrellas desde el cielo, una y otra asomaban entre las verdes hojas de los árboles en cómplices guiños de increíble luminiscencia al mecerse con el viento. Todo un océano de dicha inundaba mi pecho, pero, ¿por qué sentía un hueco en el todavía? ¿Este instante es solamente eso o algo que perdurará? 'Aunque sea de vez en cuando pero que regrese', rogué interiormente a mi Dios; ¡es como ver apacentado al cordero, sin obstinación, sin falsedades, sin codicia, más que estar allí!". En su cabeza seguía el fuego.

Emilio sintió haber salido de un letargo. "¡Basta, no más disparates, aquí está la realidad!", volteando a mirar a Arlette se gritó por dentro. Sin dejar de avanzar la abrazó de los hombros de un zarpazo y casi la abarcaba por completo de lo delgada que ella estaba, pegándosela confianzudamente a él cuál si la hubiera conocido de siempre y en cierto modo así era; Arlette también sentía lo mismo después de enterarse de la historia y en respuesta dio un saltito acurrucándose en él, como si nada hubiese ocurrido, pasando el brazo por atrás alrededor de su cintura, enganchándose de una de las presillas del pantalón con los dedos. Llegaron al lado del auto donde afuera, de pie y abriendo la puerta, los esperaba Fernando, que alcanzaría a escuchar la algarabía mientras se acercaban, pues estaba sonriente mostrando los dientes de oreja a oreja.

Partieron sin decir algo más y ya en la mansión Emilio le leyó los poemas, aunque algunos eran atrevidos, le gustaron. – Publíquelos -, dijo ella. Él solo esbozó una sonrisa y se quedó en silencio recostado en el sillón con la vista puesta en Arlette. En su mano mantenía el legajo de hojas con los poemas, Ella postrada de lado en la alfombra dándole el frente, descansando la cabeza en sus manos empalmadas sobre un pequeño cojín y con una pañoleta cubriéndole las piernas, descalza.

La mente de Emilio continuaba bien encendida: "siempre he estado seguro del amor a Dios, a Mamá, a Papá, a Karina cuando la conocí y reafirmé después de la reconciliación aquel mediodía en el que el sol del desierto calentaba intenso; y lo estoy infinitamente ahora que sería inmensamente feliz", y empezaron a humedecerse sus ojos permaneciendo muy quieto con el hermoso rostro de Arlette directamente enfrente, "¡sí Karina y yo hubiéramos hecho una vida juntos! No importa que anduviéramos en las cantinas satisfaciéndonos los vicios o si fuera necesario hasta pidiendo dinero a la gente por la calle para mantenerla y seguir adorándola, peleando con sus amigas para que no me la alejaran o vagando entre los matorrales del desierto haciéndole poemas, aunque fuese para recitarlos a … a … al aire, ¡no hubiera importado!, ¡pero estando juntos!, ¡juntos!, feliz Ella y feliz yo. O casados durante los años en que amasé esta fortuna, ¡sin Karina obtuve cien mil millones!, con Ella queriéndome, inspirándonos, amándonos, esforzándome por cuidarla y proveerla, de lo que sea, de cerveza, de lo que quisiera ¡¡Karina mi vida!!, tendríamos ahora el doble o mucho más, ¡y ayudaríamos a hacer de este mundo uno mejor!".

No apartó la mirada ni un ápice de Arlette mientras estos pensamientos le hervían por dentro.

"Sin ser necesario hablarnos,
sin ser necesario vernos,
¡hagámoslo todo juntos!"

Al observarlo así, fijo en ella su mirar, emotivo y callado, sin razón aparente pues ni idea tenía ella de lo que le pasaba, Arlette intentó levantarse para acercarse a él, algo asustada, pero Emilio señaló con la mano no lo hiciera.

- Discúlpame de nuevo -, dijo él, restregándose con el hueco del brazo los ojos, - tuve por unos minutos tremendos pensamientos -. Aun sentado, adelantó sus codos y apoyándolos sobre las rodillas escondió la cabeza entre los hombros viendo fijamente abajo.

Recordó las palabras de Papá Isaac: - "hijo, si quieres tener éxito en la vida debes invertir en el amor, no importa lo que tengas que hacer para lograrlo, porque amándose vendrá el éxito, si no es por ti será por ella y si es por los dos mejor aún" -. Él se refería en todos los sentidos, no sólo el económico.

- Arlette, invierte en el amor y jamás te equivocarás en la vida -, dijo él de golpe volteando hacia ella quien, desconcertada, asintió con la cabeza varias veces.

Hubo prolongados minutos de silencios, muchos, que no provocaban inquietud ni ansiedad alguna en ellos, pues una confianza absoluta flotaba en su entorno. De vez en vez se veían para sonreír un poco, entonces cerraban los ojos, como si quisieran dormir, pero en un despertar de fugaces fantasías los volvían a abrir para rencontrarse.

Emilio había aprendido en carne propia y aconsejó a Arlette al final, ya muy entrada la noche: - nunca rompas con tus sueños, ¡nunca!, pues al perderlos tú y tú Alma estarán muertas, sean cuales sean, es lo que te mantiene vivo y cuerdo. Guarda siempre cierto cariño hacia las personas que amaste, aunque no pienses en regresar. Quien te quiera de verdad te querrá con todo y recuerdos y seas como seas -. – "Con to´y todo, lo que se ve y lo que no se ve" -, según Josefo.

Cansada y evidentemente sin asimilar aún el haber conocido por toneladas y en vivo carretadas amontonadas de emociones ajenas, con mirada de niña Arlette se quedó dormida sobre el mullido diván que Emilio le indicó. Antes tomó un cojín grande de almohada y se arropó con una delgada sábana.

"Los humanos somos un amasijo de sueños, recuerdos, ilusiones y esperanza", pensó Emilio.

Él se extendió en la fresca alfombra de color verde, boca abajo, alargando los brazos en cruz apretado al piso, lo que hacía ocasionalmente, pues buscaba que algo muy cercano de aquel entonces le hiciera sentir menos solitario, de esta forma evocaba el césped del campo de juego de la Compañía Minera en Río Escondido.

Vino un verso de cuando jugaba futbol americano.

> *"Caía,*
> *y tan fuerte como lo hacía*
> *el verde y mullido pasto,*
> *multiplicado en resortes mil,*
> *me elevaba.*
> *Pero,*
> *por un momento,*
> *al estar allí,*
> *ansioso apretaba la tierra hasta retenerla con los dedos y las manos*
> *y al oído, desde abajo, una voz profunda y grave me decía:*
> *-vuélvete al cielo a seguir soñando con Ella."-*

Durmió con su cabeza sobre el pequeño cojín que dejó tirado Arlette.

Su vida, ¡por fin!, había tomado rumbo hacia la felicidad. ¿O no?

CAPITULO IX

"... Y, de nuevo, mi extremo embarnecido y candente y su hondonada húmeda tibia y suave, se buscaron desesperadamente y, al encontrarse, con encarnecida lujuria prestos se acometieron otra vez para enfrascarse en mil batallas con ira inacabable, sin lograr apagar el hambre de tenerse aún en la abundancia. Brazos y piernas reptaban entre sí, cual serpientes en celo entrelazándose frenéticamente en el aire, tratando de abordar sus contrapartes. *"Quería fusionarme en ti, la piel, los huesos, los sentimientos. Celoso del viento jugaba a ganarle para que no llegara antes que yo y me compitiera en tus favores"*. La debilidad desaparecía por arte de magia al tan solo entrever ya nunca poseerla, aunque esto fuese una ridiculez pintada en pensamiento. Su piel estaba roja, roja incandescente, al grado que casi vaporizaba mí sudor al gotearle; pero la maravilla fue el cosquilleo atrapante e incitador de su radiante calor esparcido en toda la extensión de lo que yo aún mantenía en el interior de Ella. ..."

"Si entrego el Alma ni Tú podrás separarme."

Al siguiente día, a media mañana se levantaron. Primero él, pidió a Ruth Raquel, su ama de llaves, ordenara que preparasen el almuerzo. Un regaderazo con agua fría y Emilio estaba listo de nuevo. Se quitó la barba rasurándola meticulosamente y regresó al estudio donde habían pasado la noche. Ella aún dormía, vestida, despatarrada y medio envuelta en la frazada con la que él la había abrigado por la madrugada.

La luz entraba a raudales a través de los grandes ventanales, resaltando afuera el verde follaje de los frondosos árboles agitados por el viento, la tierra cubierta con brillante pasto que se prolongaba hasta donde la vista daba. Y en lo alto de la lejanía el hermoso azul de un despejado cielo mañanero. Delgados rayos luminosos entrecortaban las sombras de los muebles y las cortinas de la habitación en deslumbrantes caídas desde el techo al suelo. Y Ella ahí, en medio, acostada.

Por un instante Emilio se sintió en otra realidad y que su vida había sido un mal sueño y, esperando a verse, continuaban juntos Karina y él, porque ese escenario ¡no podía mentirle! Pero con pesar aceptó no era cierto. No era cierto. Respirando profundo jadeó dos veces para restablecer su ánimo y despejar la mente.

La despertó con la música de Jazz en guitarra que en ese momento puso a tocar en el sistema de sonido. - ¡Arriba! -, arengó suavemente a Arlette desde el sillón donde se sentó, - ¡vamos a almorzar! -.

Ella reaccionó y abrió los ojos, enderezó el cuerpo estirándose despacio, al hacerlo mostró inocentemente el contorno de sus firmes pechos, dibujados en el ajustado suéter que traía puesto desde la noche anterior al salir del restaurante. Haciendo una mueca de modorra Arlette se acomodó al borde del diván y bostezó.

Emilio la sorprendió al verlo ella sin su acostumbrada barba, pero de inmediato se repuso al reconocerlo, y hasta bromeó: - el viejito que estaba aquí anoche ¿a dónde fue? -. Él de buena gana soltó una carcajada.

Vinieron a Emilio aquellos los días tan felices cuando en casa de Karina, casi siempre en las tardes, escuchaban juntos la música de Jazz que a Ella mucho le gustaba, afición heredada de su padre, abuelo de Arlette, Luis. Y bailaban siguiendo el tañido nítido y fuerte de la guitarra; estiraban los brazos apenas tocándose las puntas de los dedos deslizando los pies sobre el piso de la sala, moviendo cadenciosamente los cuerpos de atrás a adelante y de lado a lado, fijándose la vista en sus ojos. A Ella no gran cosa le agradaba la poesía, pero sí la música, el baile y el gran esfuerzo que ponía en enseñar a Emilio, pues éste era, al menos al principio de su relación, malo para bailar. Lo usaban de escarceo o preludio a los intensos y arrebatados encuentros que ocurrían a veces ahí mismo, cuando su familia salía.

Él prefería la música Ranchera y las Cumbias, Los Beatles, el Rock, y ahora, después de la muerte hace pocos meses de Papá Isaac, disfrutaba con mayor frecuencia de algún tipo de Jazz en los discos que él le dejó y lo oyó escucharlos, casi a diario, en sus últimos años de vejez pues, por el talento de su tío Dámaso para interpretarlo, su Viejón, al igual que el padre de Karina, gozaba este tipo de música.

- Te mostraré cómo bailaba con Iris -, le dijo Emilio a Arlette, y dio unos pasos grotescos simulando que ella lo acompañaba. Divertida por lo que veía Arlette se atacó de risa.

Cambió el reproductor de música a otra, - y con tu madre -, volvió a decirle aproximándose a ella, que estaba aún descalza; invitándola a bailar extendió su mano para ayudarla a levantarse y jalándola de los antebrazos la acercó, después la alejó afianzándola de las manos para dirigirla en los pasos, ambos moviéndose lado a lado, luego de frente, en un lento contoneo sensual que ella más o menos siguió. – Así lo hacíamos -, observó él y se detuvo, mirándola a los ojos antes de soltarla.

Ruth, de reojo, atenta estaba mientras acomodaba los platos sobre la mesita de servicio y por ratos suspendía su trabajo, quedándose muy quieta para verlos.

Poco después Arlette fue a asearse. Tranquilamente almorzaron: fresas, tomate en rodajas, omelette con champiñones, cilantro y jamón; guacamole, mantequilla natural, pan recién horneado, delgadas tortillas de harina, salsa, jugo de naranja, refresco de soda, dos enormes manzanas rojas cortadas en gajos, de postre nueces en nieve de vainilla con trozos de chocolate; junto a la encantadora, deliciosa, exquisita compañía de esa chica, hija de la mujer a quien más había amado en su vida. "¿Qué me falta?", preguntó para sí mismo Emilio y se afirmó: "Karina". El tiempo diría si sí o no se tendrían.

Acabaron con todo.

– Nos tenían amarrados -, comentó él. Ella contuvo una risa encogiendo el cuello entre sus hombros, interrumpiendo unos segundos el masticar de su comida.

Emilio recordó: "fui muy feliz en Río Escondido, más tiempo feliz que infeliz. Además, he vencido los miedos a revivir el pasado". Y admitió enseguida, "¿por qué no regresar?, al final las cosas podrían acomodarse". Pero, en un acto de íntimo cuestionamiento, tratando de anticipar lo que encontraría y su posible reacción, se preguntó: "¿cómo será Ella, estará demacrada o gorda?" y se respondió, "¡no importa!, no la amé por el cascarón sino por lo que tenía dentro; ¿y si algunos hombres del pueblo la poseyeron?, ¡no importa!, la amé por lo de antes no por lo después; ¿y si está enferma?, ¡aquí tengo dinero para curarla!; ¿cuánto feliz podré ser con Ella?, lo que sea sobrepasará en mucho a lo que he sido hasta ahora; ¿y si ya no me quiere?, ¡aquí traigo con que quererla y hacerla que me quiera!; ¿Ella vale más que mi orgullo o cualquier otra razón para no ir?, ¡absolutamente sí!, ¡un millón de veces sí!; ¿y yo para Ella?, he dado la respuesta: ¡nada me importa!", exclamó para sus adentros, "e iré ¡¡manque se caiga el cielo!!", finalizó.

Sin ningún pretexto, su decisión estaba tomada.

- ¡Iré al pueblo! -, dijo él en voz alta apurando las palabras, anulando así cualquier posibilidad de arrepentirse. Al oírlo, Arlette agrandó los ojos deteniendo el movimiento de la cuchara cuando la llevaba con nieve a su boca, de chocolate tenía pintadas las comisuras de los labios y parte de las mejillas; estática se quedó, sin habla, mirándolo nomás.

– Lo haré porque tengo ganas de ver el pueblo y a los amigos, no pienses qué con una intención escondida, ..., quiero saludarlos, ..., usaré traje de paisano para no ser reconocido, ... -. Y bromeó interiormente, "espero que ni Karina me reconozca".

Ella contestó rápido, también, - si fuera con otra intención, después de enterarme cuánto se amaban, no me sorprendería – dijo y acabó de comer su cucharada de nieve.

- Sí, pudiera ser -, lacónico respondió él.

Emilio realmente no tenía un propósito específico. Haciendo a un lado sus suposiciones, "probablemente Ella nada querrá de mí", pensó, "pero yo si necesito verla **para recuperar mi Alma"**.

¡Por fin! ¡Por fin con certeza lo sabía!

Sin duda ésta es la respuesta al porqué y para qué hizo lo que hizo y obtuvo lo que obtuvo y no perdió su íntima esperanza: **para recuperar su Alma.**

Ahora veía todo con un significado y, en cierto modo, le daba un valor a su dinero. "Para qué es lo que he obtenido", repitió para él, había un sentido entonces, "¡Dios no estuvo jugando con nosotros!". Una pequeña luz al final del túnel apareció ante sus ojos.

"¡Gracias Señor Dios!", se recalcó.

En ese momento la frase de Mamá Aurora le retumbó en medio de las sienes: - y si no, cuídala -. Estas palabras parecían encerrar tantos caminos, aunque para él solamente uno era verdadero: "regresar a cuidarla". De nuevo, intenso, en llamaradas le reavivó el fuego interior, "tardé 20 años y una intensa lucha conmigo mismo para darme cuenta. ¡Y lo logré!".

- No vaya aún -, le previno ella. Él no hizo comentario alguno a esta petición.

Minutos después salieron al patio, un sordo frío los acompañaba. Emilio pensaba y pensaba y Arlette sonreía y reía de cualquier cosa que veía u oía, cuál si de pronto ella hubiera descubierto el secreto de cómo dar escape a las tristezas de vidas monótonas, compartiendo sus paisajes, sus horizontes, sus sueños y eso le divirtiera.

No desaprovechaban verse a cada rato, esperando que el otro dijera alguna cosa, lo cual no pasó; simplemente recorrieron el inmenso jardín o se detenían a cortar flores. Al mediodía se despidieron.

- Voy a hablar con mamá y luego lo buscaré tan pronto regrese de Río Escondido -, dijo ella cuando subía al auto en el que Fernando la llevaría a su departamento. "No si llego antes que tú", pensó Emilio en contestación, pero únicamente asintió con la cabeza.

En un ataque de inspiración él gritó, usando sus manos como bocina alrededor de la boca, cuando ya la limusina iba alejándose: - ¡los sentimientos y la imaginación son lo único que importan, Arlette! -. Ella ni por enterada se dio.

Emilio enseguida se dirigió a su claustro, una cabaña que está a unos cien metros atrás de la mansión, lugar en el que parecía oscurecer temprano y amanecer tarde, puesto que la rodeaban altos árboles y en el suelo tiradas se apilaban hojas y ramas viejas que nadie recogía y brindaban a ese sitio un ambiente rústico y de abrigador abandono. Allí superaba sus tristezas apenas cruzar el umbral de la puerta y asomar a lo que dentro de ese cuarto le esperaba: quietud silenciosa, absorbente, que a fuerza de convivir con ella ya le pertenecía y olfatearla le traía emociones y placeres que creía idos: poesía.

Jamás habría pasado por su mente la realidad de lo sucedido ni la supuesta razón de los recientes acontecimientos.

¿Los conocería realmente o su imaginación los engendraba?, ¿dudaría de La Verdad aun teniéndola enfrente?

CAPITULO X

"… Esa noche no me cansé de quererla. Éramos nomás un Alma pues unimos sus sueños y los míos".

"Ahí fue que supe, entonces,
Ser Superior existía
y no mayor regalo hubo,
que en su agrado mereciera,
lo que Ella y yo hicimos esa noche
exhibidos frente al Cielo."

En un verso a su Dios así describió Emilio el mejor momento que en su vida había acontecido: tenerse en cuerpo y Alma Ella y él.

Fue la única vez que "no la cuidó"; corrieron con suerte, aunque el temor a un posible embarazo los inquietó por semanas.

- "Cuando la luz de la Luna se apaga
y no encuentro el camino,
pienso en ti
y lo veo,
tan claramente,
como el agua del río al correr
inunda los sinuosos pasajes de tu cuerpo."-

Cantaría luego.

"Porque puedo cambiar con mi imaginación la realidad, soy feliz."

- ¡Mamá!, ¡porqué!, ¡por qué no me contaste!, ¡tuviste un romance con el señor Emilio!, ¡oí los poemas que te dedicó cuando eran jóvenes! -, llegó diciendo Arlette, desbordada en palabras y trompicándolas, tan pronto se acercó a Karina al bajar del autobús en la Estación de Rio Escondido.

- ¡H-e-y!, ¡h-e-y!, ¡h-e-y!, espera, despacio, ¿qué estás diciendo?, ¿Emilio? -, respondió su madre bajando la voz, mientras miraba a izquierda y derecha por si había algún conocido cerca no fuera a enterarse de esos asuntos personales. Se besaron en la mejilla y apresuraron sus pasos a la salida. Karina contadas veces acudía a encontrarla, se había hecho presente esa tarde por una inquietante llamada telefónica de su hija un día antes.

Subieron al auto. Arlette no dejaba de enviarle insistentes miradas de interrogación, buscando ver respuestas en sus reacciones, pero su madre, sin darle importancia, no hablaba.

Karina le regresaba la misma mirada: - ¿qué? – dijo al fin, dándose cuenta de la persistencia de Arlette y arrancó el auto.

- Mamá, ¡sí!, tienen toda una historia, muy descriptivos sobre ti, …, la abuela me dijo que fueron novios, …, -. Y a grandes rasgos le platicó sobre los sucesos en el pueblo relatados por Emilio y de los poemas que le leyó.

Karina disminuyó la velocidad orillándose para aparcar el auto al lado de la calle, cuadras antes de llegar a su destino; sin apagar el motor, suspiró hondo y comenzó a hablar despacio, midiendo muy bien sus palabras:

- Traté a Emilio durante la Preparatoria, me pretendió apenas unos meses y después se fue del pueblo con sus padres, no supe los motivos ni a donde, hasta cuando me dijiste que era tu Patrón y platicabas con él a veces. Me declamaba algunos poemas que, según él, inventaba, a las otras chicas también y ya medio borracho a los demás en las reuniones. Era buen jugador de basquetbol y futbol americano, juntos caminamos algunas veces a la casa y platicábamos por supuesto, tu abuela quizá pensó que fuimos novios, pero no, él era muy serio, ensimismado, un poco indescifrable para mí. Al parecer su papá perdió el trabajo aquí o ya no le pareció bueno, no lo sé, cambiaron de residencia y jamás lo volví a ver. Sí, me gustaba, cierto, pero ni tiempo tuvimos para una relación. Me hice novia de tu papá, me embaracé de ti, él se accidentó, y aquí estás, y aquí estamos, tú con tu vida, yo con la mía y Emilio con la suya -.

Ella tomó aire unos segundos y continuó: - ni lo reconocía con esa barba cuando supe quién era, además seguro se cambió el apellido y apenas lo recuerdo -, terminó minimizando el hecho de que su hija lo hubiese conocido y lo que le había platicado.

Arlette se empecinó, un tanto desesperada, - ¿¡así fue mamá!?, ¿¡me estás diciendo la verdad!? -.

- Sí. Porqué dudas, ¿te dijo él algo más? -, con un poco de alarma en el tono contestó Karina.

- No directamente, pero en los poemas deja entrever que te conocía muy cercanamente, hablan de cómo te veías y eras, de tu cuerpo desnudo, incluso de la intimidad que tuvieron -.

- ¡Oh, hija!, Emilio con su imaginación podía desnudar a cualquiera de nosotras y hacerlo con quien quisiera, eso puede explicarte muchas cosas -. Acomodándose los lentes oscuros, como si rápido quisiera esconderse tras ellos, Karina puso el embrague y siguió conduciendo, pareciendo pretender que su hija creyera fue esa una conversación irrelevante.

Arlette se quedó meditando: "no es posible haya sido así nomás, ¡tuvo que haber algo!". Había entretejido en su mente muchos detalles y sacado tantas conclusiones, pero posiblemente era únicamente la ilusión nacida de sentimientos plasmados en ella por un hombre aferrado a la única esperanza que le daba sentido a su vida: la poesía.

¿Pronto La Verdad resplandecerá?

EPÍLOGO

"¡Jamás!, ¡jamás vuelvas a decir nunca!"

"Estábamos todos allí reunidos en una temprana tarde de octubre, en el mismo solar baldío, que no había sido arreglado durante años por lo que creció hierba y maleza entre los altos sabinos y nogales. Posiblemente ese pedazo de tierra había adquirido vida propia y quería mostrarse desaliñado y sucio para verse poco atractivo a los ojos de algún potencial comprador, esperando a que nosotros y nadie más fuese a arreglarlo y a ponerlo bonito y a pisarlo de nuevo, y a bailar sobre de él y recordar juntos aquellas veladas, recorrer juntos sus pequeñas veredas y rincones. Lo limpiamos personalmente esa mañana, los amigos y amigas, tratando así de despertarnos aquellos sentimientos de fraternidad que estuvieron en cada uno, igual que el polvo ahí, asentados; y hasta reverdecieron algunas de sus partes sin tener que *tomar sobre la arena a la mujer amada*. Ese lugarcito nos esperó dándonos hoy la bienvenida al más puro estilo del desierto: despreocupado, terroso, displicente, ventoso, centelleante, cálido, sereno y solitario".

Emilio llegó desde un día antes, ya sin barba y "disfrazado" de paisano, sin armar polvareda con su presencia, sorprendido al darse cuenta de lo mucho que sabían los demás de su "éxito", el dinero que había acumulado y las empresas que tenía. Era de esperar. Aun así, por lo que se reflejaba, eso no interfirió para nada en el trato que se prodigaron. Se reunieron más tarde y ya ahí sonreían y reían en andanadas tumultuarias, sin reparo o cortesía alguna. La mayoría engalanados con ropajes juveniles, camisas en mangas ajustadas; las chicas hermosas sin excepción, las faldas ceñidas y cortas, pero no tanto como cuando en los viejos tiempos, sus piernas y muslos ¡h-u-u-mm!, ningún poema le alcanzaría a Emilio para dibujar lo que veía. Holita era una exquisita mujer de porte y modales finos y muy delgada, preciosa, se casó con Elías y tenían dos hijos: Paola y Emilio. Muchos de sus Viejos ya habían fallecido, entre ellos Leonel, los pocos vivos unos estaban bien y otros enfermos. Antes de la reunión todos juntos fueron al camposanto, a la tumba del Greco, le llevaron flores y un paquete de la goma de mascar que le gustaba; Edmundo, de pie sobre la lápida y masticando chicle, lo imitó perfectamente con sus mismas frases, dichos y maldiciones; se pusieron tristones, pero también rieron con ganas: - "¡cabrones-s-s!, ¡yo jugué y gané con una pata quebrada!"-.

Chicho tocaba el violín y los demás bailaban alegremente el Son, empuñando la botella de cerveza en una mano y atajando con el brazo la espalda de quien estuviera al lado, sin dejar de moverse, emulando aquellos bailes en los vestidores previo a los juegos de futbol americano, pero en aquel entonces ahí no había cerveza ni mujeres. A las muchachas entallándolas por la cintura *manteniendo la distancia y a la vez la cercanía.* Aunque físicamente todos habían cambiado, por dentro latía el mismo corazón, ese que reconocían al verse a los ojos, inspirador de confianza y de cariño.

Habían llevado algunas mesas y sillas y cocinaron, al igual que cuando jóvenes, en un gran cazo, donde un chef de por ahí, contratado para ese fin, preparó un delicioso guiso de carne de ternera y cordero, cebollas y papas; claro, con Karina, Emilio y El Gorila "metiendo su cuchara", acabando por ser ellos quienes cocinaron. Tenían un reproductor de música a todo volumen donde escucharon canciones de su época, las ponían en los intermedios cuando Chicho no tocaba su violín. Unos cantaban, otros bailaban; completamente se divertían.

Por ratos, en grupos, volvieron a ver las viejas fotografías que unos y otras llevaron, la mayoría en blanco y negro; el padre de Elías las tomaba cuando aquellos días felices. Eran increíbles pues la expresión que Emilio observó tenía en ellas no le era familiar, no se reconocía a sí mismo; era él, sí, pero veía a uno distinto en las imágenes, en ese entonces, pensó, fue porque Karina estaba fusionada con él, la traía en el Ser y en el semblante. Igualmente Ella, se veía luminosa e intensa: *"formábamos uno, aunque pareciéramos dos"*, recordó Emilio.

Iris seguía siendo encantadora, *"Iri(s)discente"*; terminó la carrera de Ingeniería de Minas y trabajaba para la Compañía. Queta no había perdido su inocente y dulce mirar, se había casado y divorciado con Jorge El Manotas, procreando dos hijos. Emilio no pudo aguantar al verla por la mañana y se quebró la entereza que asumió al llegar, la actitud de circunspección que presentaba se desmoronó. La abrazó tanto y tan cálidamente, y ella a él, que fue necesario se apartaran tras de una puerta *"a arrinconarnos y no pasar vergüenzas"*; desataron ahí sus ocultos afectos intensamente, temiendo que de no hacerlo así no pudieran retenerlos y huyeran otra vez por muchos años al igual que ellos y nunca tuvieran otra oportunidad de sentirlos. Se aliviaron ansiedades curando los pesares que quedaron pendientes desde aquella lejana noche en que tambaleante corrió de su puestito de tacos y, de nuevo, a ella se le humedecieron los ojos y en ratos chillaba con coraje, quizá preguntándose porque pasó lo que pasó, golpeando la cabeza contra el pecho de Emilio donde recargada estaba. Él pensó: *"no necesitas arrancarme el corazón pues para ti lo traigo en la mano ¡y repleto de palabras bonitas para acariciarte!, ¡Queta mi vida!"*. Tratando de que ella no se percatara que él también emotivo estaba, la apretó contra su cuerpo para amortiguar sus propios espasmos. Ella aún estaba "rellenita" y mantenía suave y blando el torso. Estos forcejeos no fueron para excitarse, como experimentaron en sus años de mocedad, pero ¡oh!, que va, ¡sí!, él notó un bulto creciente abriendo espacio entre su muslo izquierdo y el pantalón; al percibirlo Queta separó su rostro para verlo a los ojos y, enjugándose con el dorso de su mano las lágrimas, sonriendo apenas, sin apartar su bajo vientre de él y fingiéndose asombrada, dijo: - ¡Emilio!, ... -, irguiéndose bruscamente siguió de inmediato, - … nunca cambies por favor -. Rieron sujetados de los hombros. – Cuanto lo siento -, atinó él a decirle.

Queta preguntó, mientras él miraba detenidamente la parte donde le arreglaba el cabello con su mano, – ¿por qué te fuiste Emilio?, ¿por qué nos dejaste?, después de tu partida se desbarataron muchas cosas aquí y ya nada fue igual -. Él tragó saliva. Sin saber con certeza que responderle, dijo – pero aquí estoy, aquí estamos todos juntos de nuevo, Queta -. Ella, en su dulce mirar, asintió varias veces con la cabeza.

En el festejo vio a Iris entre los demás quien, muy seria, fijaba en él su vista, turbándose al darse cuenta de que se cruzaban, pero rápido volvió a bailar y a saltar, forzando una expresión alegre en su rostro. Emilio escudriñó en ella quitándole en su mente esa máscara que tan bien le conocía, entonces un rostro triste, cargado de soledad, disociado de lo que el resto de su cuerpo en ese momento hacía, se reveló. Fue directo a ella sin dejar de observarla a los ojos y la tomó de las manos besándoselas buen rato, sacudiéndolas para así despertarla y volviera a ser la de antes, ella adoptó una postura engarruñada jalando sus brazos, un poco defendiéndose de ser besada, pero ya era la Iris de siempre y brillaba *"iluminando en arcoíris los pasillos"*. Él la abrazó apretando los labios sobre su cabello, pensando: "mi Iris, ¿qué fue lo que hiciste?". – Gracias - dijo él y ella se mostró intrigada, posiblemente al no entender porque le agradecía.

Vino a él:

"De un Alma qué en fuerte estima,
tiene a tu vida como a la mía, …"

Iris no se había casado. - Ni novio tengo - decía ocasionalmente a Emilio cuando eran jóvenes.

Con Karina pocas palabras. Cuando fue temprano de ese mismo día a la bonita casa donde Ella vivía, en ese tiempo sola, él, al verla, sintió que salía de una oscura cárcel para llegar y encontrarse de golpe frente al cegador resplandor de sus ojos, que lo hizo trastabillar: *"¡Dios Santo!, la vida puede ser tan sencilla y estar llena de satisfacciones; Karina, no sonrías, no sonrías, y ese tu mirar de embeleso, ¡no!, no quiero desbaratarme aquí".* Imaginando, volteó hacia atrás y contempló muy lejano el camino que había recorrido, pensando: *"¿por qué fue tan difícil llegar hasta aquí?".* Ya habían pasado veinte años, pero trabajó igual a si hubieran sido cien; "si fue este el costo para poder llegar aquí, bien valió el esfuerzo", terminó diciéndose. Emilio miró abajo sus botas para comprobar de esta forma que era él quien estaba ahí parado, luego de nuevo a Ella, esperándolo, de pie, inmóvil, recargada en el marco de la puerta, sonriéndole como si nada. Dando pasos cortos y firmes la alcanzó tomándola con sus manos de los hombros y se abrazaron en silencio. Al principio suave, Karina pasó sus brazos por debajo de la espalda de él, rodeándolo, después se apretó muy fuerte, de lleno lo aferró con ambas manos, *"como si rencor guardado por no vernos sin razón empujara castigarnos el corazón"* o *"queriendo escalar el cielo conmigo colgado en Ella desde hasta sus adentros",* vinieron a él estas líneas de sus versos. Sin duda no entendían lo sucedido bien a bien y obviaron cualquier comentario o explicación sobre los hechos pasados. "¡Oh mente, no me traiciones!", pidió Emilio a sí mismo.

"Me gusta cuando abrazas,
tus manos me rodean
cual si quisieran comer."

Entraron a la casa sin decir palabra, entrelazándose con un brazo tras sus cinturas. Ella se sentó en una silla recargando de lado la barbilla sobre su mano y ésta a su vez en el borde del respaldo, viéndolo nomás. Él tomó lugar en un sillón de color verde algo desgastado y súbitamente dijo – te quiero -, Ella parpadeó en señal de agradarle el cumplido y sonrió levemente a confirmarlo. Mantuvieron su posición durante muchos minutos, solamente mirándose.

"Mirada de viento de otoño,
que envuelve y arrulla
y abraza y besa,
en un instante."

Karina en su forma de ser era básicamente igual, excepto por cierta dispersión en su conducta. "Después de lo que pasó, sería lo menos de esperar", dedujo Emilio.

¿Cuál fue el desencadenante de esta situación? Se preguntaba él sí el encontrarse con Arlette fue casual o premeditado, ¿estaría involucrada Julia?, a quien extraña conducta observó desde semanas antes del incidente, "si ella lo estuvo fue en un esfuerzo de rescatarme del borde del precipicio en que veía yo caminaba", se dijo; y quizá también Iris. Cierta paranoia en él estaba presente al ver las cosas desde este ángulo. A lo mejor eran solamente suposiciones de su cerebro. Pero, en fin, no, cual fuese la situación, al final el desencadenante era él, lo había provocado desde el primer día en que la aceptó cuando jóvenes, vino con Ella a él lo que sucedió y ahora sucedía; - *"con to'y todo"*-, Josefo diría.

El hecho es que, luego del primer encuentro, la larga pausa en sus vidas fue desbordada por caricias renacidas, casi como aquella noche clara y fresca bajo la luna de octubre. "Sí, ¡sí!", enfático pensó, "¡continuar así por siempre!, ¿por qué no?, encajados nuestros cuerpos y nuestras bocas y manos y pensamientos y sensaciones y deseos y Almas bailando ¡y todo!, ¡eternamente!, ¡y nunca soltarnos!; como las hormigas que vi enfiladas en incesante caminar, seguir y seguir andando, ¡así mi Dios!, ¡¡así mi Dios!!, déjanos", acabó suplicando con vehemencia y cesó su arrebato emocional tal como empezó: "yo fui".

Apacible ya, Emilio sintió que el rencuentro equivalía a haber transcurrido un ratito después de cualquier enojo. No necesitaban ni referirse a lo pasado, no hacía falta: *"aún sin estar te siento y sin quererte te quiero"*, rememoró la parte de un poema que le escribió.

Horas después ellos se hicieron presentes en la reunión con los amigos.

En medio de la fiesta, quizá por el efecto de la turbiedad presente en su cabeza debida a la cerveza consumida, en oleadas le irrumpieron los recuerdos: de cuando fue a casa de Chicho y éste, de unos 10 años, con triste rostro tocaba el violín mientras sus padres bailaban en el porche en su inusual estilo; Papá Isaac durante la comida deteniendo a Mamá Aurora para limpiarse los labios con su delantal al pasar ella por su lado y él viéndola con una mirada insinuante y amorosa; Doña Nicanora regalándoles galletas de animalitos y luego a la chiquillería mojada brincando alegre; la pelota lanzada hacia arriba y atrapada a mano pelona por uno u otro cuando de niños caminaban a jugar beisbol al llano; Karina brincando a la rayuela en la banqueta de su casa mientras esperaba a que él llegara; *"las tardes de pasión con Ella y mis labios avanzando sobre la piel de su vientre y de entre sus muslos rastreando en donde descender para empezarla a besar todita toda"*; de cuando al acostarla en los bajos de la corriente del río él hincado junto a Ella veía el agua surcar cada una de las sinuosidades de su cuerpo. Y ese fondo de cielo, de ese cielo azul del desierto, limpio, brillante, hermoso, cercano, tan cercano que parecía dejarse agarrar con tan solo levantar la mano, envolviendo a un viento mañanero y frio, invitándolos en el otoño a volar hombro con hombro en parvadas de pájaros y regresar en el verano convertidos en verdes hojas de primavera. Luego le invadió ese sentimiento reiterativo que de vez en cuando lo sacudía y le hacía imaginar que todos ellos veían el mismo sol, el mismo cielo, la misma luna, sin importar donde estuvieran, y el mismo corazón *"que abraza y alivia y da sombra"* anidando en cada uno.

Estas remembranzas y muchas más, en un segundo pasaron por él, elevando su cuerpo y su espíritu a un estado de paz y felicidad exorbitando hasta hacerlo volar por el espacio infinito.

> *"Fugaz felicidad*
> *asoma, es tu destino;*
> *y consuela el infortunio del osado,*
> *que más no necesita para vencer."*

- ¡H-e-y Milo!, ¿sabes que me preocupaba de ti cuando te fuiste del pueblo y luego de mí cuando también salí? -, le gritó Chicho, interrumpiendo sus pensamientos. – No, ¿que era Mí Hermano? -, contestó él, un poco intrigado por su posible comentario. Dijo Emanuel, - pensé: ojalá a Emilio o a mí no se nos bote la canica -. Y continuó, - tú huiste delirante y ebrio por estar sin Karina y yo salí de aquí igual, forzado, no podía seguir con mis padres. La música de alguna forma me salvó de enloquecer; y si no era suficiente, en mis noches de descanso me emborrachaba y revivía las convivencias con ustedes, sintiendo que me acompañaban en la casa, Iris, Queta, tú, Elías, Karina, El Manotas y los otros, incluso el bigotón de Leonel, que no movía ni los ojos menos los pies, lo sabes bien, pero ahí bailaba. Ponía Cumbias o Polkas en el reproductor de música sonando a todo lo que daba y yo danzando igual que en los vestidores antes de algún juego; ustedes palmeaban el ritmo y bailábamos juntos, conversábamos, reíamos, comíamos, al mismo tiempo; iba cambiando los pasos y el tono de mi violín cuando lo tocaba, según lo que ustedes me pidieran, pero todo lo hacía yo solo. Al final, de madrugada, echado sobre el piso reía de cualquier pendejada o lloraba hasta agotarme y dormía relajadamente. Al día siguiente despertaba aliviado y animoso. La pregunta que me hacía y hago ahora es: ¿y a Emilio que lo salvaría? -.

Emilio quedó aturdido, sin expresión alguna. En respuesta lo miraba sin contestarle. Caviló, "¿por qué no enloquecí?", de remate, podría decirse, porque cierta distorsión en su conducta era evidente. Él no dudaba sobre cuál era la razón: hubo un resquicio, una pequeña hendidura en los sentimientos que a veces lo invadían desde lo lejos del pasado y que cerraba, asustado, apresuradamente, pero, por un instante, sentía que nada había cambiado y parecía muy real alimentarla: *la esperanza de volver con Ella*. No fue, pues, refugiarse en el dinero y las ventajas que este le daba, tampoco sus padres; vaya, ni siquiera su encanto por la poesía ya que, aunque no lo pareciera con gran dolor completamente la abandonó, sin que esta pudiera compensar sus tribulaciones, ni el alcohol, ni las fiestas, ni el sexo con hermosas mujeres; era en realidad esa-tímida-y-pálida-esperanza de un día volver a donde Ella lo que le mantuvo con los pies en la tierra. Y muy apenas.

> *"La flor terrosa*
> *fresco rocío*
> *clama a la noche*
> *de la polvosa tarde".*
>
> *"La polvosa tarde*
> *clama a la noche*
> *fresco rocío*
> *para la flor terrosa."*

Quiere uno que algo suceda sin encontrar sentido en que no suceda. Así estuvo él, sentimentalmente de cabezota en la vida, tal como estos versos.

No obstante, de alguna forma hacía lo mismo que Chicho para aliviar sus pesares, pero no llegaba, por miedo, a adentrarse en los recuerdos, devolviéndose de inmediato y evitar ser consumido en un círculo obsesivo y doloroso. Tuvo una idea divertida que lo hizo sonreír: "¡pero tú si estabas re loco al hacer eso mi pinche Hermano Chicho!".

- El único secreto que hay en la vida es vivirla, aunque sea de a mentiras -, dijo Emilio a su amigo; y siguió, - y por si algo faltara, de aquí somos -, indicando con su mano arriba, donde el follaje de los nogales todavía dejaba ver el brillar de las estrellas. – ¡Siempre habrá una primavera Mí Hermano!, ¡siempre! -, Emilio resaltó al final. Entonces, se puso de pie frente a Chicho y se golpeó el pecho con la mano gritando y viéndolo igual a como lo hicieron aquella noche cuando se despidieron afuera de la cantina de Josefo: – ¡puro pinche cariño Mí Hermano Chicho! - y respondió este, golpeándose asimismo el pecho – ¡puro pinche cariño Mí Hermano Emilio! -. Y se abrazaron fuerte, "hasta casi destriparnos".

- ¡Lo que tus Viejos te enseñaron! -, con estas palabras alentó Emilio a su amigo para que bailara como en aquellos días; los demás, al verlo dirigirse al centro del patio, captando el momento, comenzaron a palmear el ritmo: trruturrum ta tum, truturrum ta tum y con alaridos, chiflidos, gritos y después abrazados en grupo lo acompañaron.

"La felicidad se encontraba en el amor por los demás, por la tierra que nos dio origen, por la naturaleza que sencillamente da sin pedir cosa a cambio. Y en el amor por Ella", se dijo Emilio al final.

Quizá unos más otros menos se habían equivocado, no lo sabían, pero Karina y él se sentaron apartados, pensativos, callados, posiblemente avergonzados o sintiendo que estuvieron demasiado errados. Ella de lado apoyaba su frente en el hombro de él y por ratos levantaba la vista para ofrecerle, en una sonrisa sutil y linda, sus labios teñidos de ese color rojo atardecer suyo. Emilio no podía creer que la tenía así de cerca. Adoró la idea de poseerla ahí mismo y a través de esto ver un mejor mundo, enaltecido, pues, luego, al mirar las cosas y personas de alrededor se iban convirtiendo en belleza pura: la luz, la tierra suelta y grisácea en las calles, el perro echado sobre la banqueta, el pueblo con su gente, sus tristezas y desatinos, hasta el caluroso aire, que en esos momentos latigueaba, se transformaría en fresco rocío que en susurros llevaría a su cuerpo chisporroteos de inmenso placer.

De improviso Karina dijo con voz queda, mientras fijaba la vista al piso sin dejar la posición a su lado: - me embaracé de Miguel una noche de parranda, al confirmarlo sentí tanta vergüenza que preferí alejarme de ti a confesártelo, ya que tú, decepcionado, seguro enloquecerías y me odiarías, ...; en ese entonces voleaba alrededor del vicio de la cerveza y las frivolidades propias de mi juventud y de la banda, se me hacía fácil hacer cualquier ocurrencia; poco a poco te vi más lejano y menos importante en mi vida. Bien sabes cómo es la gente de cerrada en nuestro pueblo, nuestros padres, la única salida que tenía y vi luego de consumados los hechos, fue casarme con Miguel. Me maltrataba durante el embarazo de Arlette pues me negué a tener de nuevo relaciones sexuales con él. Papá y Miguel después hicieron un viaje juntos por motivos de trabajo en la Compañía (el Mike dejó la Escuela luego de embarazar a Karina para trabajar en La Mina y sostenerse económicamente), por mi complicada situación tuvieron un fuerte altercado y accidentalmente, eso nos dijeron, mató a Mike de un balazo. Enseguida papá se suicidó. Arlette nunca lo supo -.

Prosiguió Ella, - cuando todo acabó entre tú y yo, sentí que yo ya no era yo. Con el paso de los años anduve tratando de estabilizarme, dejé a la niña con mamá, ... -, ... Karina se interrumpió unos segundos para limpiarse los ojos y la nariz con el dorso de su brazo y después con el pañuelo que Emilio le dio en ese momento, – ..., mejor te fueras a estarte viendo borracho todos los días, ... Y ... -, sopesando las palabras, signo de cuanto sufría al decirlas, - ... ya sabes por Arlette lo sucedido. ¿Fue difícil para mí?, sí, sin duda, y mucho, ¿fui feliz ese tiempo?, a mi manera creo que sí, aunque siempre, como te digo, viví sin algo, un algo que faltaba dentro de mí, Tú. A medida que transcurría mi vida te di por perdido, me hice a la idea que jamás nos volveríamos a ver -.

Unos segundos de silencio y Emilio arguyó: – éramos muy jóvenes, no pudimos manejarlo, en alguna parte caímos por fuerzas fuera de nuestro control, ¿qué otra cosa podía haber resultado? -, pretendiendo consolarla, sin profundizar en el tema.

Pero no se pudo contener y siguió: - Karina, cuando te conocí supe lo que necesitaba en la vida para ser feliz: a Ti -.

Sin embargo, la revelación lo sorprendió y explicaba en una forma contundente muchas cosas que en aquel entonces él había tergiversado. Ya no quiso oírla más, extendió la mano hacía Ella poniendo un dedo sobre sus labios. Se lanzaron entre sí abrazándose desesperadamente "hasta casi destriparse".

Emilio hubiera deseado expresarle, en respuesta, palabra por palabra, los pensamientos que por dentro le explotaron aquella noche con Arlette: "¡yo tampoco era yo sin ti Karina!, ¡formabas parte de mí, de mí existir!, ¡y debí haberme quedado contigo!, ¡aun si supiera que la niña no era mía!, ¿qué eras fácil decían tus amigas?, ¡no importaba, si ibas a quererme!, ¡pelear contra la malicia de esas chicas, no dejarte a merced de ellas!, ¡manipularte!, ¡controlarte!, ¡dominarte!, o simplemente cambiar tus debilidades en fortalezas, ¡sí podía!, ¡sí podía!, hubiera resuelto cualquier cosa ¡menos tú ausencia! ¡Perdóname!; ¡perdóname Karina!, ¡fui yo!, ¡fui yo!". Pero algo le trababa y no salía nada de su boca, aunque quisiera.

Entonces él se puso de pie y la ayudó a levantarse, tomándola de las manos, de frente, habló, semejante a estar prometiéndose frente al Altar de una Iglesia: - Yo, contigo, Karina, soy Yo -; pidió a Ella que dijera lo mismo e igual de solemne lo hizo – "Yo, contigo, Emilio, soy Yo -. Largamente se besaron.

"¿He recuperado el Alma?", meditó Emilio. Y alucinó: hurgó dentro de él y no la figuraba completa, vio en el suelo algunos trozos de su Alma tirados y los recogió, sacó la parte que en su pecho aún quedaba y con sus manos trató de hacerlos encuadrar, pero no coincidían, aunque se esforzara; después de mucho insistir sin lograrlo, resignado los soltó, viéndolos desperdigados los dejó tirados ahí, volviendo a colocar en su sitio su pedacito de Alma, dándole unas palmadas y sobándola por encima para acomodarla; "es poquita pero algo es algo", acabó.

Puso su rostro entre la oreja y el cabello de Ella quedándose pegadito, ni falta hacía poseerla, con esto sobraba para ver bonito al mundo. - ¡Pa' que chingaos quiero más si con tenerte de cercas basta! -, recordó los gritos de Don Mardoqueo, vecino del pueblo que vivía con su familia en una casa fincada al lado de la orilla del Río Escondido, cerca del borde, quien así insultaba a su mujer cuando se enojaban. Emilio no entendía a qué se referiría, pero creyó se acomodaban a la situación de Ellos ahora.

Rodeándola con los brazos reflexionó: "Oh Dios, por esta chica puedo luchar hasta el final y morir si fuese necesario, ¡ahora mismo!, ¡sin pensarlo un segundo!, ¡una vez y un millón de veces!; y habré sido el hombre más feliz de la Tierra".

"Luché por ti,
contra mí,
hasta el final
y vencí."

"Con el tiempo tendrá que regresarme el Alma 'manque' sea de cachito en cachito", se dijo interiormente.

Ya de noche quietos quedaron, atrapados por el murmullo del violín de Emanuel, quien recorría con la vista a su alrededor sin dejar de tocar, cual orgulloso Hamelin moderno tranquilizando niños grandes. "Hoy no es el mañana", pensó Emilio. Miró y frente a sus ojos imágenes maravillosas rodaban y a sus oídos llegaron sonidos hermosos, mezclas de risas eternas cual melodías celestiales en conciertos de palabras y voces, de vientos corriendo y saltando que retumbaban en el calor de cada uno y explotaban, ambientando de felicidad, de igualdad soberbia, de cariños pululantes y pegajosos que los ataban a la noche. En medio de esto vino a él aquel su verso tan sentido: "Nosotros, los jóvenes …"

"… Pero,
¿quién está ahí?, ¿quién allá?
¡Soy yo! (respondí en un fuerte susurro),
mirándome en espejos."

Emilio se acostó boca arriba en la alta mesa de madera, Ella a un lado sentada en el borde colgó las piernas y las balanceaba pateando el aire, juguetona, descuidada, como si nada le preocupara, *"con ese mirar de embeleso".* – Esa muchachita de ojitos cáidos -, afirmaba Josefo al referirse a Karina.

"Aquí, en mangas, con la camiseta agujereada y la panza creciéndome, viendo pasar los días y las noches juntos, viviremos", meditó. Él había encontrado Su Verdad.

- ¡Jacobo!, ¡el chivo se escapó! -, oyó a lo lejos la voz de la abuela apremiando al abuelo.

"Soy libre" sintió Emilio. Y suspiró hondamente.

En medio de la noche acomodó en un altillo del campo cercano a la orilla del río su chaqueta del equipo de futbol, extendiéndola cuidadosamente, luego unos cojines, cubriéndolo todo con trozos de sábanas y colchas. Se sentó en un espacio profundamente oscuro, pues la luz de la luna y el titilante fulgor de las estrellas súbitamente desaparecieron; con las manos abiertas hacia adelante, como si quisiera atrapar el vacío, dijo, - aquí estaré, te esperaré, siempre, aquí estaré, sentado esperaré, esperaré …, aquí estaré … -.

Un blanco resplandor incandescente e inmenso todo lo borró.
FIN

El Pueblo, Monclova La Vieja, Coahuila, México, enero del 2019.

"Si matas tus sueños no vivirás para contarlo."

N. R. González.

Un blanco resplandor incandescente e inmenso todo lo borró.
FIN

El Pueblo, Monclova La Vieja, Coahuila, México, enero del 2019.

"Si matas tus sueños no vivirás para contarlo."

ÍNDICE